V怪客

英文出版30週年紀念豪華版

艾倫‧摩爾

大衛‧洛伊德

以及史提夫‧惠特克和希凡‧多德斯

V 怪客
英文出版 30 週年
紀念豪華版

執筆
艾倫·摩爾

作畫
大衛·洛伊德

上色
大衛·洛伊德
史提夫·惠特克
希凡·多德斯

嵌字
珍妮・歐康納
史提夫・克拉多克
艾莉塔・菲爾

「文森」作畫，「瓦蕾莉」、「度假」
追加作畫
東尼・韋爾

收藏版、原著版封面作畫
大衛・洛伊德

V 怪客：英文出版 30 週年紀念豪華版

執　　筆 —— 艾倫・摩爾 ALAN MOORE
作　　畫 —— 大衛・洛伊德 DAVID LLOYD
上　　色 —— 大衛・洛伊德 DAVID LLOYD、史提夫・惠特克 STEVE WHITAKER、
　　　　　　希凡・多德斯 SIOBHAN DODDS
嵌　　字 —— 珍妮・歐康納 JENNY O'CONNOR、史提夫・克拉多克 STEVE CRADDOCK、
　　　　　　艾莉塔・菲爾 ELITTA　FELL
「文森」、「瓦蕾莉」、「度假」追加作畫 —— 東尼・韋爾 TONY WEARE
收藏版、原著版封面作畫 —— 大衛・洛伊德 DAVID LLOYD
譯　　者 —— Quiff

社　　長 —— 陳蕙慧
副總編輯 —— 戴偉傑
責任編輯 —— 何冠龍
行　　銷 —— 陳雅雯、尹子麟、汪佳穎
封面設計 —— 兒日設計
內頁排版 —— 簡單瑛設
印　　刷 —— 呈靖彩藝

讀書共和
國出版集 —— 郭重興
團 社 長

發行人兼
　　　　 —— 曾大福
出版總監

出　　版 —— 木馬文化事業股份有限公司
發　　行 —— 遠足文化事業股份有限公司
地　　址 —— 231 新北市新店區民權路 108-4 號 8 樓
電　　話 —— (02)2218-1417
傳　　真 —— (02)8667-1891
E m a i l —— service@bookrep.com.tw
郵撥帳號 —— 19588272 木馬文化事業股份有限公司
客服專線 —— 0800-221-029
法律顧問 —— 華洋國際專利商標事務所 蘇文生律師

初版一刷 —— 2021 年 10 月 Print in Taiwan
定　　價 —— 1200 元
I S B N —— 978-626-314-020-2

國家圖書館出版品預行編目 (CIP) 資料

V 怪客：英文出版 30 週年紀念典藏版 / 艾倫.摩爾 (Alan
Moore) 作；大衛.洛伊德 (David Lloyd) 繪 . -- 初版 . --
新北市：木馬文化事業股份有限公司出版：遠足文化
事業股份有限公司發行，2021.10
400 面；18*27.7 公分
譯自：V for vendetta, the 30th anniversary deluxe edition

ISBN 978-626-314-020-2（平裝）

874.57　　　　　　　　　　　　　　110012165

特別聲明：有關本書中的言論內容，不代表本公司 / 出版集團之立場與意見
有著作權 翻印必究

目錄

前言

數晚之前，我在回家途中走進一間酒吧，點了健力士啤酒。

我沒看手表，但我知道時間是在八點前。那天是星期二，我可以聽到背景電視上正在播放《東區人》的最新一集——那是齣肥皂劇，設定於倫敦某個衰退虛構的地區，描述勞工階級快樂放肆的日常生活。

我坐進了雅座，拿起別人留在隔壁座位的報紙。我先前已經讀過了，裡面沒什麼新聞。我放下報紙，決定移位到吧臺。

那天晚上沒什麼客人。我可以聽到遙遠電視上的低語，壓過了人們在吧臺的閒談，以及撞球互碰的鏗鏘聲。

在《東區人》之後，接著則播起了《麥片粥》，一齣重播的情境喜劇，描述一位快樂放肆的囚犯，關在一間十分舒適、毫不壓迫、正在朽敗的維多利亞監獄。

幾乎在此同時，倒放在吧臺後方的酒瓶嘴開始漏酒。在我的注視之下，灑落了一滴一滴的威士忌和伏特加。

喝完了啤酒。我往上一看，酒保和我眼神交會。「健力士？」他問道，已經伸手去拿新酒杯了。我點點頭。

酒保的妻子來了，隨即幫忙處理酒客的點單。

八點半，緊接在《麥片粥》之後，如今則輪到《體育問答》登場，一齣簡單的益智問答節目，請來了快樂放肆的體育名人，回答有關其他體育名人的問題，其中許多人都跟他們自己一樣既快樂又放肆。

風趣言談正在盛行。

我心想：「我要告訴酒保，酒瓶嘴正在漏酒。」

《九點新聞》接在《體育問答》之後。或者該說，它只持續了三十秒，電視就被轉臺了，改以快樂放肆的流行音樂取而代之。

我看向酒保，說：「這次只要半杯。」

當他在倒酒時，我嚴肅問他為何要把新聞轉臺。「別問我——是我太太轉臺的。」他用一種快樂放肆的態度回答道，而他口中所戲指的對象，正在吧臺角落忙得不可開交。

漏酒的酒瓶嘴對我來說已經一點都不重要了。

我喝完了酒並轉身離去，幾乎肯定電視在今晚接下來都會保持沉默。因為在《九點新聞》之後，將接著播放《納粹大謀殺》，一部沒有什麼快樂放肆角色的電影，描述一群納粹是如何打造出阿道夫‧希特勒的 94 個複製人。

在《Ｖ怪客》裡同樣也沒有什麼快樂放肆的角色，而本書是獻給那些不會將新聞轉臺的人。

大衛‧洛伊德

1990 年 1 月 14 日

*這篇前言原刊於 DC 漫畫的《Ｖ怪客》初版平裝合集，出版於 1990 年。

我是在 1981 年夏天開始創作《V 怪客》，正在懷特島上度過工作假期。我的小女兒安柏當時才只有幾個月大。我在 1988 年晚冬完成本書，在它原本的老家：英國《勇士》雜誌停刊之後，經歷了近五年的中斷。安柏現在七歲了。我不知道自己為何要提起這件事。那只是一種你突然想起來不重要的細節，卻帶著預料之外的威力，讓你必須要坐下來。

連同《驚奇超人》（現在已改名為《奇蹟超人》）在內，《V 怪客》是我的創作生涯初期，第一次嘗試連載漫畫。正因如此，當你從本作後期的劇情發展來看，早期故事難免顯得有些古怪。我相信你能容忍我們最初的笨拙之處，並跟我們一樣都認為，儘管缺點處處可見，但最好還是別更動那些早期故事，別回頭塗改那些在創意上顯得年輕生澀的跡象。

在這些早期故事中，也顯露出我在政治上的生澀。在 1981 年當時，「核子冬天」一詞尚未被廣泛使用。儘管我對氣候變遷的猜測跟最終真相非常接近，但本作認為一場核戰，即便是局部性的核戰，仍然可能會有人倖存。就我現在的了解來看，事情並非如此。

從我的推測中也能找到一絲天真，以為我們要靠一場擦身而過的核子衝突，如此駭人聽聞的劇情發展，才會將英國推向法西斯。不過在此要為我和大衛說句公道話，當時沒有任何漫畫能比本作更好或更精準預測出我國的未來。光是本作故事的大多數歷史背景都是出自保守黨將在 1982 年大選中落敗的預測，就能告訴你，我們在扮演特洛伊公主卡珊德拉這角色時有多麼可靠了。

現在已經是 1988 年。瑪格麗特‧柴契爾正要進入第三屆任期，並自信大談保守黨政府將連霸至下一個世紀。我的小女兒現在七歲，而八卦小報正在提議要將愛滋病患關進集中營。全新的鎮暴警察戴起了黑色面罩，他們的馬匹也是一樣，而他們的廂型車則在車頂裝上了轉動式攝影機。政府希望將同性戀連根拔除，即使是同性戀這個抽象概念也一樣，而你只能猜想下一個遭到立法禁止會是哪個少數族群。我考慮在不久之後就要帶家人離開這個國家，可能就在未來數年之內。這裡又冷又刻薄，而我已經不再喜歡這裡了。

晚安，英國。晚安，英國國民軍和「V 代表勝利」。

哈囉，**命運**之聲和《V 怪客》。

艾倫‧摩爾
北安普頓，1988 年 3 月

這篇前言原刊於 DC 漫畫的《V 怪客》第一期，出版於 1988 年。

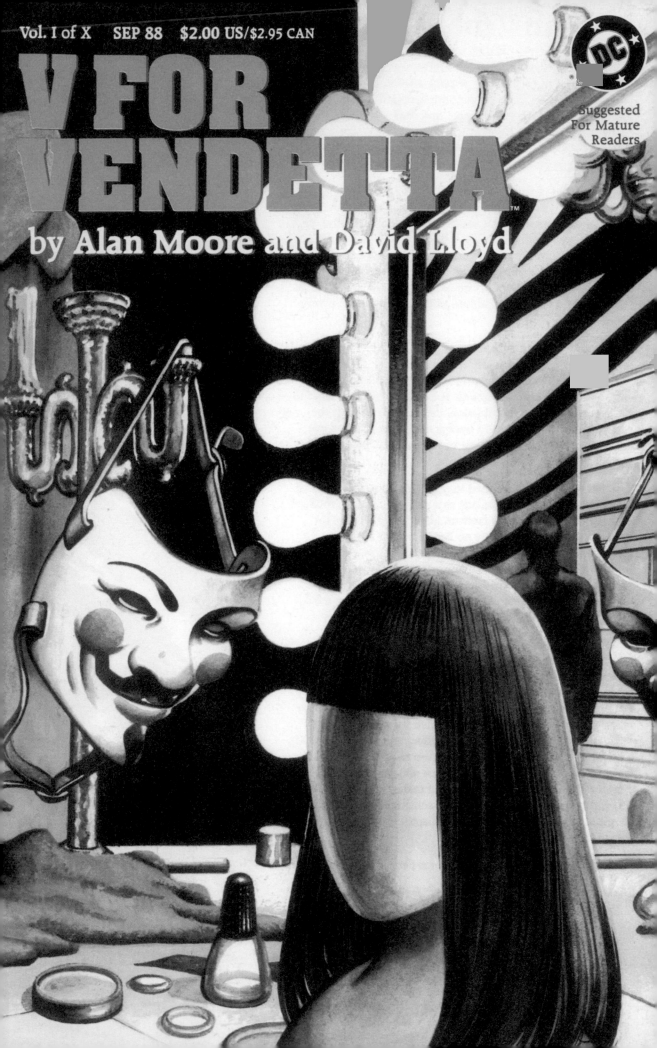

BOOK 1: EUROPE AFTER THE REIGN
第一卷：極權下的歐洲

薩拉女王今天現身於普拉斯托一間全新資源回收工廠的開幕儀式。這是自6月的十六歲生日以來,女王首次在公眾場合露面。

女王身穿一套桃紅絲綢服飾,由皇家設計師為這個場合特別量身訂製。

工業部長艾德里安·卡雷爾今天在演講中指出,英國工業的前景呈現出自上一場大戰以來最欣欣向榮的一刻。

卡雷爾進一步表示,我國每個人都有責任挺身而出,讓英國再次偉大。

以上是倫敦今晚的消息。我們提醒你,明天就是交出普查表的截止日期……

以及德普特福德濕地清除計畫結束的目標日期。命運之聲在此道別。

祝大家今晚愉快。

Chapter One

THE VILLAIN

第一章 反派

國會大廈的冰冷陰影籠罩在西敏橋上,讓她不禁發抖。此地曾一度手握大權,足以掌控數百萬人的命運。

此地的活動,此地的決定,不再舉足輕重。無法影響任何人……

先生?

除了她以外。

呃,這個……你想不想……呃,跟我上床或任何事?

我是說,呃,金錢交易?

這是我聽過最笨拙的搭訕了。妳做這一行時間還不久，對吧？

老天。我一定表現得很糟。

沒錯，你說得對。這是我的第一晚。你是我第一個……

客人？

客人，沒錯。

我在軍需品部門工作，但你知道的，薪水實在不夠用。聽著先生，我真的很需要這筆錢。我沒事，我是說，我已經十六歲了知道自己在幹嘛……

不。妳不知道自己在幹嘛。

如果妳知道的話，就不會挑上一個正在臥底的掃黃組探員了。

我的天呀，你是指部探員。

沒錯。他們是我的同事。

你很清楚賣淫法的規定。那是一條 H 級犯罪。這代表我們要怎麼處置妳都沒問題。這是我們的特權。

拜託，不要殺我。

喔不。聽著，拜託你先生，這是我的第一次，我願意為你做任何事。

STRENGTH THROUGH PURITY PURITY THROUGH FAITH

妳搞錯了，小姐。妳會照我們的話去做，然後我們再殺了妳。

那是我們的特權。

拜託不要，天啊不要。

「邪惡的反派不斷增加，蜂擁加入他的大軍……」*

你他媽的是……

*出自莎士比亞劇作《馬克白》。

「而命運則向他該死的那一方微笑，如反抗軍的妓女一樣現身。」

他是誰？

不知道。大概是某個溜出醫院的智障。嘿！就是你。

「但對英勇的馬克白來說，一切都太微弱而他配得上那個名字……」

你想幹嘛？

你惹上麻煩了，兄弟。大麻煩。這女人是個罪犯，我們是警察。

她要接受訊問，所以把你的……

手拿開？

「揮舞著自己那把鋼劍，他蔑視著命運，」

「頓時下起了一場血雨。」

「有如效命英勇之神，他殺出了一條血路……」

「直到他面對那名奴隸；」

「對方從未跟他握手，」

「也沒有向他道別。」

催淚彈！（咳）天啊，是催淚彈！

我抓住了他的手。
我該怎麼辦……

天啊！

到底發生了什麼事？
他就突如其來地出現，
然後，到底發生了什麼事？

法蘭克死了。他們
都死了。天啊。我們
該怎麼辦？

把他找出來。我們非
找到他不可，否則頭
部會拿我們開刀。

他怎麼辦到的？
我從來沒看過有人
動作這麼快。
他殺了法蘭克……

那個混球。
我們必須找到
他……

你、你救了我！就像
故事裡說的一樣！我
真不敢相信。

你、
你是誰？

我？我是二十世紀
之王。我是妖魔鬼
怪。反派……

家中的
害群之馬。

呃，好吧。但你來這一
帶幹嘛？我不認為會有
人在晚上跑來西敏，只
除了，你知道的……

女生。

啊。但今晚很特別，
今晚是一場慶典。
一次盛大開幕。
難道妳沒學過
那首詩嗎？

「請記住，請記住，11月5日，炸藥、背叛和陰謀。我不知道這場炸藥陰謀有任何理由……」

「該被人們湮沒。」

喔。喔！國會大廈！它們被、它們被……那是你做的嗎？

是我做的

但那是、那是違法的！他們會殺了你、他們會

真的是你做的嗎？

真的是我做的。現在先安靜。接下來還有更多……

這場爆炸的轟隆巨聲尚未平息，下方遠處便開始嘎嘎作響……

突然間，天空中閃耀著……

煙火！是真正的煙火！

天啊，實在太美麗了！

全倫敦的窗戶都打開了，人們臉上滿是敬畏與驚奇之情，望著在夜裡用火焰燒出的這道徵兆。

好了，序曲已經結束了。

來吧，我們該為第一幕作準備……

我？可、可是……

喔，好吧。

當時正好是凌晨 12:07，下雨了……

17

1997 年 11 月 6 日，現在是早上 6:30

紳士們，我現在可以聽你們報告了。

由赫爾先生代表眼部發言。

我們有不到三分鐘的可用影片，領袖。大部分監視器都在爆炸中毀損了。

我左方是嫌犯長相的放大照片。因為面具的關係，恐怕無法進行視網膜辨識。

麻煩再放大一點，赫爾先生……

啊

謝謝，赫爾先生。現在由埃瑟里奇先生代表耳部發言。

呃，電話監聽顯示有大部分的，呃，百姓都在討論那場，呃，倫敦內部的爆炸。

所有嫌犯或重要逐字稿都轉給了指部的，呃，艾蒙德先生。

艾蒙德先生正在我身旁。我會通知他。由芬奇先生代表鼻部發言……

我們找到了可能用來發射煙火的裝置，以及一些用過的彈殼，我猜是獨自調配的照明彈。

儘管製作精細，但我認為這個裝置應該是自製的，因此無法追蹤。抱歉，領袖。目前沒有其他線索。

謝謝，芬奇先生。如果有進一步發展，你們三個再通知我，並等待我的指示。英格蘭必勝，紳士們。

我們已經聽過其他頭部的報告。只剩下你了，艾蒙德先生。昨晚有三名指部探員死在區區一名瘋子手中。

而同一人極有可能稍早也在國會大廈中安裝了威力驚人的爆炸裝置。

領袖，我……

19

你給我安靜，艾蒙德先生！

你的無能害我們賠上了最古老的權威象徵，以及一場駭人聽聞的宣傳失利。你知不知道昨晚發生了什麼事？

而你縱容了他們的行徑。我要你找到這名畜牲和他的共犯，艾蒙德先生。我要他的項上人頭。

否則就拿你的首級來代替。

有人犯下超乎想像的事。有人傷害了我們。

在發表任何官方聲明之前，你先去喬登塔請教達斯康比先生。

你可以下去了，艾蒙德先生。英格蘭必勝。

英格蘭必勝，領袖。

喬登塔，早上 7:00

PUT YOUR TRUST IN FATE

你做到了，路易斯！我們今天全都為此早起，對吧？如果我們在實際上場前可以再順過一遍，那就……

啊，我失陪一下，路易斯……

戴瑞克！很少會看到你下來嘴部……*

喔！「下來嘴部」！我應該拿它來開雙關語玩笑對吧？

你早就開過了，達斯康比，很多次。命運有對國會爆炸案說些什麼嗎？

這個嘛，命運要我們對外宣布，這是早就安排好的拆除作業，刻意選在夜間避免交通阻塞。

消息會在 8 點播出……當你進來時，我正在跟路易斯討論這件事。

路易斯？

路易斯‧波瑟羅，他負責主播命運之聲。

* 意指垂頭喪氣。(down the Mouth)

早安，倫敦。這是命運之聲，在中波廣播 275 和 285 播送……

嗯，那煙火的部分又要怎麼處理？

命運不認為我們應該提到煙火。如果之後有人問起，我們再說那是爆炸時的意外效果。

第二章 聲音
Chapter Two
THE VOICE

聽聽路易斯，他很厲害吧。如果命運真的會說話，聽起來就會跟他一模一樣。如果人們能知道他做得有多棒就好了。

別傻了，達斯康比。重點就是要讓人們以為是命運在說話。這讓命運顯得更加人性化。為人們帶來信心。

嗯……

他蒐集洋娃娃，你知道嗎。猜想不到，對吧？像他這樣的大男人居然會蒐集洋娃娃。你瞧，他非常纖細。從他的聲音就聽得出來。

沒錯，你們這些媒體人多半都很「纖細」，不是嗎？我真不懂領袖為何忍受你。

親愛的戴瑞克……領袖正是我們之中最纖細的人。

事實上，在你解釋完為何區區一名瘋子能夠殺害三名指部探員，並炸掉國會時，我想他當時應該非常纖細。

你是個智障，達斯康比。

你真刻薄，艾蒙德。

「刻薄的艾蒙德」我真會取名！哈哈哈哈哈！

21

隨便你。

好吧，路易斯，從頭開始。

「刻薄的艾蒙德」！我真會取名！哈哈哈哈哈！

魅影畫廊

聽著，我不想表現得忘恩負義，我是說，在你救了我之後。但我搞不懂這一切，搞不懂你到底是誰，或究竟想做些什麼。

我是說，當你把我帶來這裡時，我知道你會蒙上我的眼一定有什麼理由，但難道你不能直接告訴我這是什麼地方嗎？我們還在倫敦嗎？

我們身在魅影畫廊，這裡是我的家。

妳喜歡嗎？我親手打造這裡。

這……這實在太不可思議了！這麼多繪畫和書本……我都不知道世上有這些東西。

妳當然不知道。他們把文化連根拔除，再隨便丟棄，就像是一把枯死的玫瑰。

所有書籍，所有電影，所有音樂……

這音樂實在太美麗了！你一定覺得我很蠢，我只有聽過電臺上播的軍歌。

但你電唱機裡的這些音樂聽起來真是，我不知道該怎麼說……充滿活力！現在播的是什麼歌？這名女歌手的歌聲聽起來甚至不像英國人。

沒錯。而正確說法是「點唱機」，用的是「點」字。

這首歌叫〈在街上跳舞〉。由瑪莎與凡德拉合唱團所演唱。妳有聽過「塔姆拉摩城唱片」嗎？

顯然沒有。我想這一點都不令人意外。畢竟……

比起其他文化來說，他們在抹殺某些文化時特別激底。

沒有塔姆拉唱片或特洛伊唱片。沒有比莉哈樂黛或黑色自由……

只有主人的聲音。每小時準點播放。

讓我們瞧瞧要對此做點什麼……

抱歉。這節車廂客滿了。

客滿？別說傻話了，老兄！除了你們三人以外，根本沒有其他人！位置多的是……

我說這裡客滿了，蠢蛋。

天啊！我很抱歉，我沒有察覺。

客滿了。沒錯。當然了。客滿。

幹得好，泰德！可不能讓車廂裡坐滿平民。平民不懂得欣賞火車。只有軍人才懂得欣賞火車……

像洋娃娃一樣。普通百姓都對洋娃娃一竅不通。完全不懂得欣賞，對吧？我跟你說過，我在收藏洋娃娃嗎，喬治？

呃，有的，波瑟羅先生。我想你可能提過一、兩次。非常有趣。

有趣！你說得沒錯。你的確是個軍人。去問問普通百姓，他會說只有娘娘腔才玩洋娃娃。真無知。

就我來說，我一直都深受女性歡迎。我可以跟你談談我在亞丁的故事。我記得有一次，我跟豬肉艾波比遇上了兩名當地女孩……

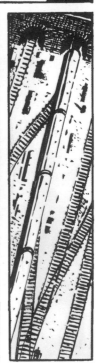

我的老天！那是什麼鬼玩意兒？？

你在說什麼？

在我們進隧道前，我以為自己看到了什麼東西在橋上。

我不知道，可能只是柵欄上勾到了破布之類的。

嗯。

反正，我們兩個人當時都喝了點酒，而豬肉當時跟其中一名當地女孩，我想是比較年長的那個，他說……

抱歉，波瑟羅先生。

泰德，你剛剛聽到聲音嗎？在火車車頂上發出了一記敲撞聲？

喂，火車停下來了！你們覺得一切都沒問題嗎？

我不……啊！燈光怎麼熄掉了……

喔，該死！

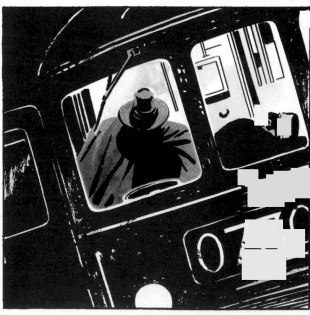

嗯。換成是我，就不會太過擔心。英國鐵道又鬧脾氣了，小夥子們。燈光一分鐘內就會恢復，等著瞧吧。

我剛剛說到了，豬肉艾波比一手……

等一下，波瑟羅先生。掏出槍來，泰德，以防萬一。

抱歉，波瑟羅先生，請繼續說……

所以比較年長的女孩就說：「跟猴子？你在開什麼玩笑！」哈哈哈哈！很好笑，對吧？

嗯。他們動作還真慢，不是嗎？也許你該去找司機談談，喬治。

喬治？

別放在心上，喬治。這只不過是個調皮的故事。我們都見識過大風大浪了，對吧，喬治？

喬治？

喬治？

我的老天！泰德，是喬治！他……

泰德？

天啊，你們兩個是怎麼回事？天殺的，你們倒是說說話呀。

哈囉。

1997 年 11 月 6 日

用你自己的話再說一次。火車開進了隧道……然後怎麼了？

這、這個嘛，我是說，這很難說，一切都發生得太快，不是嗎？

我沒有實際聽到任何聲音，只不過眼角看到有什麼東西在動。突然，一切都結束了。

你可以描述一下攻擊者的外貌嗎？身高、服裝，諸如此類的？

這個嘛，就只是一團黑，懂我意思嗎？就是一道巨大的黑影，從計程車的車窗外向我撲來。

他有著一張臉，但那不是真正的臉，懂嗎？而他在微笑。

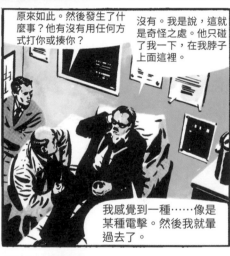

原來如此。然後發生了什麼事？他有沒有用任何方式打你或揍你？

沒有。我是說，這就是奇怪之處。他只碰了我一下，在我脖子上面這裡。

我感覺到一種……像是某種電擊。然後我就暈過去了。

當維安部隊一小時後趕到現場時，你才醒了過來。原來如此。

好吧，我想就問到這裡了，畢夏普先生。警官會記下你的地址，以防我們有事需要聯絡你。謝謝你的耐心配合。

怎麼樣，芬奇先生，你有什麼看法？這跟國會爆炸案的兇手是同一個人嗎？

希望如此，多明尼克。因為如果不是的話，就代表著有兩名嫌犯……

除非我手邊有杯烈酒，否則我不願意去思考這種可能性。

我也是。芬奇先生，我們要對付的究竟是什麼人？這傢伙到底是誰？

我說的是，他跳上一輛正在行駛中的火車，簡直像是電影劇情一樣，普通人可辦不到這種事。

沒錯，多明尼克。或者光輕輕碰到脖子就能弄昏一名八十公斤的計程車司機。普通人可辦不到這種事。

事實上，我敢說絕大部分普通人從未考慮過要炸掉國會大廈。

所以我們要對付的是一個絕不普通的人……無論在肉體上或精神上。而精神上的那部分才最令我煩惱。

因為如果我要破這個案子的話，而我一定會破案……我就必須鑽進他腦中，用他的方式去思考。而這令我很害怕。

啊，我們到了。

有人碰過裡面的東西嗎？

沒有，長官。所有東西都原封不動，就跟我們把火車拉出隧道時一樣。

第三章 受害者

Chapter Three

VICTIMS

嗯，幫胸前傷口拍幾張照。這不是利刃或子彈所造成的……

事實上，我有不祥的預感，無論犯案的人是誰，他空手就辦到了。

你怎麼看，芬奇先生？

我哪知道。幫它拍張照。再讓我刮點油漆去分析……

或許鼻部的鑑識人員能夠找出點端倪。但老實說，我很懷疑。

除此之外，其他都是老樣子。在車廂內採集指紋，幫屍體作驗屍報告。

記住，命運也會要一份報告。

哈囉，這是什麼？

我們那位戴面具的朋友似乎很喜歡「V」這個字母，你不覺得嗎？

一朵玫瑰。「紫色卡森」*玫瑰，真有趣……我以為它們在大戰後就絕種了……

除非我們在接下來幾小時內又找到一具屍體，否則看來他還抓走了路易斯·波瑟羅。

炸掉國會大廈，綁架我們的頭號電臺主播……

你覺得他是不是想告訴我們些什麼？

我不知道，長官。天啊，他對這些人幹了什麼好事。

你仔細想想。他在動手殺人時十分冷酷無情，極其有效率，吵鬧程度也降到最低。無論他們犯了什麼錯，這都是兩條人命……

我見過更糟的狀況，多明尼克，光指肉體上而言。就像我說的，精神上那一面才最令我煩惱，尤其是他對殺人的態度。

而他居然把他們當成牲口宰殺！

魅影畫廊

*VIOLET CARSON

喔。

我、我很抱歉。
你嚇了我一跳。
我沒聽到你進來。

向來沒人聽得到。
妳在哭呢。

對。不用理
我。我是個
愛哭鬼。

當、當你稍早之
前外出，卻沒說
自己要去哪裡。
我以為，我不認
為，我是說……

我害怕你不
會回來了。

我知道自己很蠢，但我
的人生突然變得很奇
怪。我再也不知道這究
竟是怎麼回事了。

昨晚那些男人……他們本來要、他們說會殺了我。而你救了我。

你救了我，再帶我來這個很棒的地方，它如此美麗，讓我覺得很安全，而且、而且……

我沒有名字。妳可以叫我「V」。我該怎麼稱呼妳？

我還不知道你叫什麼名字。

我叫艾薇，艾薇·哈蒙德

我是無名小卒，一點都不特別，跟你不一樣。

每個人都很特別，每個人都一樣，每個人都是英雄、情人、蠢蛋、反派。每個人都是。

每個人都有自己的故事要述說，即便是艾薇·哈蒙德，我很想聽聽艾薇·哈蒙德的故事。

可、可是我根本沒什麼好說的。我才十六歲，什麼事都還沒做。

十六歲。所以妳是1981年出生？

沒、沒錯，9月出生。我們以前住在倫敦南區的射手山。那裡很不錯，如、如果你想看的話，我有一張照片……

就只有我和我爸爸媽媽。我沒有其他兄弟姊妹，我爸說他養不起其他小孩……

這是在80年代經濟不景氣的時期嗎？

沒錯，我對此記得的不多。我知道我爸說過，當工黨上臺時，事情沒有變得比較好……

他說，他們唯一信守的選舉承諾，就是趕走了駐紮在這裡的美國飛彈。

還有那場大戰，艾薇。妳記得那場大戰嗎？

我當然記得。當時我才七歲，但我還記得電臺上播出了相關新聞。我爸老是叫我媽不必擔心。他自己都嚇死了，那是跟波蘭和俄國有關，不是嗎？甘迺迪總統說，如果他們不滾出去的話，他就會用上炸彈。我爸是這麼跟我說的。

那真是糟透了。沒有人知道英國究竟會不會被轟炸。我記得我媽當時說：「非洲已經不見了！」她一直在說這件事。

我想到那些獅子和大象全都死了，我忍不住哭了，我當時才七歲。

但英國沒被轟炸，雖然這好像也沒什麼差別。因為那些炸彈深深影響了氣候，很不好的影響。

我記得有一天，我爸叫我媽跟我去後方臥室。他說，想要讓我們看某個東西……

我們可以從臥室窗口看遍整個倫敦，幾乎全都淹沒在水裡。泰晤士河水閘潰堤了。

天空全布滿了黃黑二色。我從來沒看過這樣的天空。我爸說倫敦已經完蛋了，他想帶我媽跟我去鄉下。

我媽不肯走。我想這樣也好，因為最後才發現，鄉下的情況變得比城市還糟。

氣候毀掉了所有農作物，你懂嗎？沒有任何食物從歐洲運來，因為歐洲已經不見了，跟非洲一樣。

我、我不喜歡回想接下來的四年。我們跟一些鄰居加入了保障委員會，但沒幫到什麼忙……

到處都食物短缺。下水道也被淹沒，所有人都生病了。我媽在 1991 年去世，我爸不肯讓我見她。

暴動開始出現，人們都拿著槍，沒有人知道到底發生了什麼事。每個人都在等政府做點什麼……

但政府已經不存在了。只有許多小型幫派，全都想掌控大權。到了 1992 年，終於有人成功了……

全都是那些法西斯團體，那些右翼分子。他們跟某些倖存下來的大企業連成一氣，自稱為「北方之火」。

我還記得當他們踏進了倫敦，高舉著一面印有自己標誌的旗子，每個人都在歡呼。我當時覺得他們很可怕。

他們很快就掌控了局勢，但他們開始把人抓走……所有的黑人和巴基斯坦人……

白人也抓。所有的激進分子和那些，你知道的，喜歡其他男人的男人，那些同性戀。我不知道他們最後有什麼下場。

我爸年輕時曾加入一個社會主義團體。在 1993 年 9 月某個早上，他們前來抓他……

那天是我生日，我當時十二歲。我再也沒見過他了。

他們逼我去工廠跟許多其他小孩一起工作。我們負責把火柴裝進盒子裡。

我住在青年旅舍裡，那裡又冷又髒，而我從早到晚都在哭，我想見我爸。

而我就這麼過了四年，食物不夠，錢也不夠。有些比較年長的女孩則靠著跟男人色情交易賺錢。

我昨晚本來也打算做同樣的事。但他們是指部探員。他們原本、他們原本想要……

他們原本想要強、強、強……

別說了，孩子，別說了。一切都已經結束了，妳現在很安全，過去無法再傷害妳，除非妳讓它這麼做。

他們把妳變成一名受害者，艾薇。他們把妳變成了統計數據。但那不是真正的妳，那不是妳內心的真實面貌。

相信我吧，艾薇，而我們可以重新來過。所有痛楚，所有殘酷，所有喪親之痛。我們可以重新來過。

來，妳瞧？

全都消失了。

而艾薇·哈蒙德哭得像個孩子，而她本來就是個孩子。她哭泣的原因，是因為她的夢魘終於結束了……

至於另一方面的路易斯·波瑟羅……

（呃）我在哪裡？發生了什麼事？

我為什麼會穿著這套制服？

他的夢魘才正要開始！

我的老天。

LARKHILL RESETTLEMENT CAMP

*拉克希爾難民營

34

我認為他是個精神病態，領袖。

這個字眼用來形容他最為精準。

原來如此，那我們無法假設這個代號「V」會表現得跟傳統恐怖分子一樣。

我們無法假設他最終會提出一組條件，或是要求那些常見的讓步措施。

我不認為他要的是讓步，領袖。

我認為他要的是鮮血。

那他肯定如願以償了，不是嗎，芬奇先生？他炸毀國會大廈，幹掉艾蒙德先生的五名指部探員。

而現在他綁架了我們的頭號主播。如果波瑟羅無法如期播出「命運之聲」，我們的可信度將一墜千里。

區區兩天，芬奇先生。他就只花了這麼點時間。

難道達斯康比先生不能找人來代替波瑟羅嗎，領袖？

喔，是的。問題就在於，達斯康比先生的表現實在太傑出了，大眾真的相信路易斯·波瑟羅的聲音就是出自命運電腦。

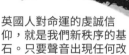

英國人對命運的虔誠信仰，就是我們新秩序的基石。只要聲音出現任何改變，一切就都不一樣了。

原來如此，就宣傳角度而言，我們被逼入死胡同了，是不是？

儘管就我個人來說，我不怎麼吃「新秩序」這一套。我的工作只是要幫助英國走出這個爛攤子。你對此很清楚，領袖。

我確實很清楚，芬奇先生。你以前就說過了。你之所以還能保住項上人頭，是因為我很敬重你的專業。

現在下去吧。我有很多問題要思考。我想跟命運談談。

英格蘭必勝，領袖。

英格蘭必勝，芬奇先生。

魅影畫廊，艾薇·哈蒙德

V

嗯？

喔、呃、沒事。我只是想習慣這麼叫你。V這是個很有趣的自稱。

我是很有趣的人，艾薇。等妳認識我更久之後，就會發現這一點。我的確是很有趣的人。

你是個好人，居然肯傾聽我述說自己的悲傷故事，關於那場大戰，關於我爸跟我媽，關於我的蠢人生。

你打算怎麼做，V？世界如此巨大又可怕，而你獨自一人……也許還有我吧。

妳跟我，艾薇。妳跟我對抗全世界！哈哈哈哈！通俗劇，艾薇！人生總是會變成一齣通俗劇，這不是很弔詭嗎？

這對你來說很重要，不是嗎？那些舞臺劇的名堂。

再重要不過了，艾薇。完美登場，巨大的幻影。

再重要不過了。

而我將讓全場觀眾都鼓掌叫好。

妳瞧，他們忘記了戲劇性有多麼重要。當全世界都在核子的腳燈照射之下逐漸枯萎，他們則捨棄了自己的劇本。

我必須提醒他們，何謂通俗劇，何謂40年代兒童冒險電影和廉價小說。妳瞧，艾薇，整個世界都是一座舞臺。而其餘的一切……

都是歌舞雜耍。

魅影畫廊，路易斯·波瑟羅

哈囉？我想問，有沒有人在這裡？

Chapter Four

VAUDEVILLE

第四章 歌舞雜耍

我猜你覺得這樣搞很有趣，耍這種難民營的把戲，還讓我穿上制服。

這個嘛，我只能說你的幽默感很怪。

非常古怪。

你找錯人了，朋友。我對難民營一無所知，一無所知。你找錯人了！

天啊，這裡到底有沒有人在？

早安，各位。

瞧你制服刷得乾乾淨淨，燙得筆挺，準備上工。幹得好，波瑟羅指揮官，幹得好。

我

讓我們開始工作，好嗎？這些集中營，抱歉，這些難民營可不會自動運作，對吧？

聽著，我不知道你究竟是誰，或是你怎麼想到這個蠢主意，但你找錯人了！

我是主播，跟這些集中、難民營一點關係都沒有，我⋯⋯

我，呃

拉克希爾，1993 年，

我曾待過那裡，波瑟羅指揮官。

你就是⋯⋯

喔，天啊！

真聰明呢，指揮官。我們現在必須開始視察了。你還記得⋯⋯

你當時每天傍晚都會去視察，在那個美好的過去。

天哪。

你逐漸想起來了，對吧？大部分囚犯都會在操場上集合，等待你來視察⋯⋯

你只要從自己的辦公室走過營房，轉個彎⋯⋯

他們就在那裡。

我的洋娃娃。那是我收藏的洋娃娃。你是怎麼……在我昨天出門上班時，他們全都鎖得好好的……

你拿我的洋娃娃來做什麼？

天啊，如果你弄壞了任何一尊，他們都是無價之寶！大型收藏品很少能倖存到戰後。如果你弄壞了它們……

你的擔心真值得欽佩，指揮官。但這非常古怪，不是嗎？你為何能如此關心瓷器和塑膠……

卻對血肉之軀棄如敝屣。

你還記得嗎，指揮官？你是否還記得，那些集合在這塊齷齪困地上的可都是活人？那些被飢餓和腹瀉折磨到半死的人民？

聽著，你我都很清楚，我們非這麼做不可。那些黑人、同性戀和披頭族……不是他們死，就是我死。

不是他們死，就是我們死。你難道不清楚嗎？

非常清楚。

跟我來吧，指揮官。你的導覽還沒結束呢，我們還要去看那些特別囚犯，關在醫療棟的那些人。

就在這裡。你把參與科學家實驗──我想他們都這麼稱呼它──的那些人都關在這裡。

你每天晚上都得走過這排門，第一房、第二房、第三房……

第四房

第五房。

第五房？但這裡是他們關……是他們關……

喔，不。就是你，對吧？你就是，你就是那個人……

你就是第五房的那個人。

說得沒錯。

我還記得你當時偶爾會跟我們說話，開一些小玩笑。你幫醫療棟取了個外號，你以前戲稱它為有趣農場。

我還記得你的聲音有多棒，我猜正是因為如此，他們才會選你來作命運播報。

真是才華洋溢呢，對吧，指揮官？

然後呢，當然了，你以前還有另外一份工作。

焚化爐，指揮官。你以前負責焚化爐。

喔，不。我的洋娃娃。拜託，你不能……

拜託，我求求你，拜託。

媽媽……
媽媽……
媽媽……

別動我的洋娃娃！

IGNITE

媽媽……
媽媽……
媽媽……

媽媽……

不不不不不不不不不！

新蘇格蘭警場，稍晚時候

呃？

喔，哈囉，巡佐。我還沒到要換班的時候，對吧？我才剛……

我的老天，那是誰？

誰？

哈囉，巡佐。是，我是駐守正門的戈達德。可以麻煩你趕快出來嗎？

是，我想這是緊急狀況。是，這裡有一些狀況……

不，我不確定到底……

41

喬登塔，
羅傑·達斯康比

是誰？難道我沒有跟你說，千萬不能來打擾我嗎……

喔，原來是你。

刻薄的艾蒙德。進來吧。

如果你是來告訴我，就尋找路易斯的這個任務來說，你做得有多麼失敗的話，那你可以省省吧，我早就料到了。

喔，正好相反，羅傑，我們找到他了。

你找到？

我真不敢相信。

大夥們，把他推進來。喔，我們確實找到他了。或者至少……

我們找到了他的空殼。

媽媽……

路、路易斯？

他過去三小時就只會重覆講這句話。祝你今晚播報順利，羅傑。

媽媽……
媽媽……

媽媽……

命運之聲必須在 48 小時之前先預錄完畢，存檔節目已在十點播完，現在已經十一點了。

晚安，倫敦。命運之聲在呢，中波廣播 275 和 285……

全倫敦都在傾聽。似乎有什麼地方不對勁。命運之聲似乎有什麼地方不對勁。

這雖然是件小事，卻對未來投下一道不安的長長陰影。無論未來究竟會如何演變，只有一件事很確定……

一切都會截然不同了。

V FOR VENDETTA

By **Alan Moore**
and **David Lloyd**

Suggested
For Mature
Readers

第五章 版本

Chapter Five
VERSIONS

我叫亞當·蘇山，我是領袖。

失落者的領袖，
廢墟的統治者。

我是個凡人，
就跟其他任何人一樣。

我率領這個自己深愛的國家，走出二十世紀的荒野。我相信生存，相信北歐族裔的宿命，我相信法西斯主義。

喔，沒錯，我是個法西斯主義者。這有什麼了不起的？法西斯主義，不過是個詞彙。一個在弱者和叛徒不斷哭訴之下，逐漸失去了意義的詞彙。

羅馬人發明了法西斯主義。它的象徵是一束牢牢綁起的樹枝。

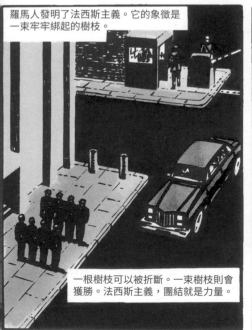

一根樹枝可以被折斷。一束樹枝則會獲勝。法西斯主義，團結就是力量。

我相信力量。
我相信團結。

而如果這份力量、這份意志的團結，需要靠思想、文字和行為上的一致，那就這麼辦吧。

我絕不聽人們談什麼自由，我絕不聽人們談什麼個體自由，那些都是奢望。我不相信奢望。

大戰為奢望
畫下了句點。

大戰為自由畫下了句點。

我的人民唯一擁有的自由，是飢餓的自由，死亡的自由，活在混亂世界的自由。

我該允許他們那份自由嗎？

我不這麼認為，我不這麼認為。

我是否為自己保留那些其他人所無法得到的自由呢？我沒有。我也坐困於自己的牢籠之中，我不過就是一名公僕，我只能掌控自己所看到的一切。

我看到了荒蕪。我看到了灰燼。我擁有這麼多。我擁有這麼少。

我自己也很清楚，我從未被愛過，無論靈魂或肉體。我從不曾體驗過輕柔耳語或愛意，我從不曾體驗過在女人大腿之間所深藏的寧靜。

但我備受尊敬，我備受畏懼，這樣就夠了。

因為我懂得去愛，儘管從未獲得回報。我的愛比粗暴交媾時的空虛喘息和抽動來得更深。

我該提起她嗎？我該提到自己的新娘嗎？

她未擁有用來調情或許諾的雙眼，但她看得到一切。她的眼界和理解之廣，有如上帝一般無遠弗屆。

我站在她才智的大門之前，卻被其中的強光照得雙眼欲盲。在她眼中看來，我不知有多麼愚蠢。多麼幼稚與無知。

她的靈魂如此純潔，未曾受到情感的陷阱和模糊性所污染。她從不憎恨，她從不渴望，她不受喜悅或悲傷所動搖。

我崇拜她，儘管我不夠資格。

她的蔑視是如此純淨，令我珍惜。她不尊敬我，她不畏懼我。

她不愛我。

那些不了解她的人，總以為她很冰冷嚴厲。他們以為她欠缺生命和熱情。

他們不了解她。她從未觸動過他們。

她觸動了我，而我則為上帝、為宿命而觸動。我整個存在都是為了追隨她。我崇拜她，我是她的奴隸。

沒有任何自由能顯得如此甜蜜。

我的愛,我願意永遠陪伴妳,願意在妳體內共度一生。

我願意等待妳的每次發言,也絕不要求一丁點的情感回報。

命運,

命運,

我愛妳。

老貝利街,第二版

哈囉,親愛的女士

今晚真美好,不是嗎?

請原諒我冒昧打擾。或許妳正打算去散步。或許妳只是在享受這景色。

沒關係,我想該是時候讓我們好好談談了。

啊,我忘記我們還沒有正式打過招呼。

我沒有名字。妳可以叫我V。

正義女神,他是V。

V,她是正義女神。

哈囉,正義女神。

「晚安,V。」

好了，我們現在認識彼此了。事實上，我長期以來都是妳的粉絲。喔，我知道妳在想些什麼。

「這個可憐男孩愛上我了……青少年的初戀。」

我很抱歉，女神。完全不是這麼一回事。

我一直很仰慕妳，儘管只是遠遠觀望。我小時候常常在下方的街道上仰望妳。

我會跟父親說：「那位女士是誰？」而他說：「那是正義女神。」我則說：「她可真漂亮。」

請不要以為是因為肉體。我知道妳不是那種女生。不，我愛的是妳這個人，是妳的理念。

那是很久以前的事了。很遺憾，我已經愛上別人……

「什麼？Ｖ！太可恥了！你居然為了某個婊子而背叛我，某個愛慕虛榮、板著臉的蕩婦，畫上口紅，掛著心照不宣的微笑！」

我嗎，女神？我可不敢苟同。都是拜妳不貞之賜，我才會投入她的懷抱！

哈！妳嚇了一大跳，對吧？妳還以為我不知道妳紅杏出牆。但我非常清楚。我什麼都知道！

老實說，當我發現時其實不怎麼驚訝。畢竟妳總是對身穿制服的男人情有獨鍾。

「制服？我真的不知道你在說什麼。永遠都是你，Ｖ。一直都只有你……」

騙子！蕩婦！婊子！別想否認妳總是任他為所欲為，那個戴著臂章、穿著長靴的男人！

怎麼？說不出話了嗎？

跟我想的一樣。

很好，妳終於露出馬腳，妳再也不是我的正義了。妳現在是他的正義。妳跟別人上床了。

「救命！咳咳！她、她是誰，V？她叫什麼名字？」

好吧，我也能以彼之道，還施其身！

她的名字叫無政府。身為情婦，她教會我的遠比妳來得更多！

她教會我，沒有自由，正義就毫無意義。她很誠實，從不許下承諾，因此不會食言。不像妳，耶洗別，無恥蕩婦。

我以前總是好奇，為何妳從來不肯直視我的雙眼。我現在知道了。

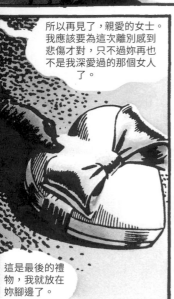

所以再見了，親愛的女士。我應該要為這次離別感到悲傷才對，只不過妳再也不是我深愛過的那個女人了。

這是最後的禮物，我就放在妳腳邊了。

自由的火焰。多迷人。多公平。啊，我寶貴的無政府……

「喔，美人。直到現在，我都不曾了解妳。」*

*出自莎士比亞劇作《亨利八世》。

收場白

波瑟羅先生，路易斯，是我。芬奇。我是你朋友，路易斯。你的朋友。

能聽見嗎，路易斯？

我想知道你發生了什麼事，路易斯。我想知道他對你做了什麼。

你知道我在說誰，不是嗎，路易斯。

我說的是那名身穿斗篷的男人，路易斯。

我說的是那名微笑的男人。

媽媽。

老天，我以為我們已經讓他別再叫媽媽了。

好吧，路易斯，你已經安全了，我們是你的朋友。他現在無法傷害你了。他無法來這裡找你。

路易斯？

喔，這又有什麼用。不管那乞丐對他做過什麼，都已經無藥可救了。

來吧，多明尼克，喝完一杯茶、打一場撲克牌之後，我們再來試試，休息五分鐘。

五、

五、
五、 第五房

五、

魅影畫廊，
1997 年 12 月 15 日

V、V、V、
V、V、V。

艾薇、艾薇、艾
薇、艾薇、艾薇。

有時候我真想往你的
蠢笑臉上揍一拳！
「V、V、V、V、V、V˘」
那是雕在大廳拱門上
的刻字。你很清楚。

我只是很好奇
那是什麼意思，
如此而已。

那是一句名言。
一則座右銘：「Vi
Veri Veniversum
Vivus Vici。」

「透過真理的力量，我得
以在有生之年征服全宇
宙。」是拉丁文。

嗯，我猜你某種程
度上辦到了。你可
以做任何自己想做
的事，不是嗎？我
猜這就算得上是征
服宇宙，做自己想
做的事。

對我來說，這
裡就是我唯一
的宇宙。

這會讓妳
困擾嗎？

不會。
會。喔，
我不知道。

我只是一直在想，
自己應該試著幫助
你，就像你幫助了我。
我是說，交易便是如
此，不是嗎？

不談交易，艾
薇，除非妳自
己想這麼做。

我、我認為自己想這麼
做。我是說，有部分的我
只想永遠留在這裡，再也
不必出去外頭，面對正在
發生的一切……

但這樣做不對，不是
嗎？就像你說的，
這不是在對我自己負
責。我想幫助你，V，
我想做點什麼。

我保證不會礙事。
可以嗎，V？我們
可以談個交易嗎？

如果妳願意，我想有辦法可以讓妳幫我。很快的，的確很快就要到了。

好，我想我們可以談個交易。

很好，那就這麼說定了好的。

V，你說「V、V、V、V、V、」是句名言。這句話本來是誰說的？

妳沒聽過的人。一位叫約翰·浮士德的德國紳士。

他也談了一椿交易。

西敏寺，12月20日

祂的腳鑲上了鐵邊，祂的心臟是淬煉過的精鋼，祂賜給了我們這一天，我們跪倒在祂的王座前。

祂送上了烈焰，如天譴般的暴雨。在最駭人的那一晚，祂以長劍肅清邪惡，又讓我們暫時喘息。

單一民族，單一信念，單一希望。祂深愛我們的痛楚，祂從不讓我們偏離得太遠，而我們終將再起！

讓我們禱告。

親愛的上帝，祢在最終審判中赦免了我們，向我們提出了最嚴重的警告……

請幫助我們不愧於祢的慈悲，就像祢收回了自己的神譴，沒有從天堂降下烈焰時一樣。

請幫助我們抵抗魔鬼的誘惑，在這偉大考驗的一刻，他必當潛伏於我們之中。

因為我看見了一幅幻景，一幅來自夜晚，充滿了黑暗和撒旦式邪惡的幻景，試圖誘惑弱者和罪人……

一名詛咒的化身，而他會試圖用自己的惡毒謊言和空洞教養，來玷污祢的真理。

喔，上帝，祢對我們無所不知，祢是我們的命運和最終宿命，請幫助我們看清祢的聖旨。

請幫助我們抵抗魔鬼的奸計，並堅定信仰祢。單一民族，單一國家，因祢的愛而團結。

我們以聖父、聖子和聖靈之名來請求祢。

透過吾主耶穌基督。

阿門。

第六章 幻景

Chapter Six
THE VISION

哈囉，戴瑞克，蘿絲瑪莉。我們進場前沒機會跟你們講話。近來可好？

哈囉，康拉德。哈囉，海倫。還不壞。為了這名恐怖分子，老頭最近逼得我很緊，但誰在乎呀？眼部還好吧？

這個嘛，我們在馬克九號監視器上遇到了一些技術問題，不過……

喔，康拉德，別這麼掃興，跟我們說說這名恐怖分子，戴瑞克。他真的炸掉了老貝利街嗎？

啊,沒錯,恐怕如此。但我們終究會逮到他。他遲早都會犯錯,而到時候⋯⋯

喔,這聽起來真令人興奮。幸好妳嫁給了這麼殘酷無情、絕不寬待的野蠻人,對吧,蘿絲瑪莉?

哈哈,嗯,我⋯⋯

相信我,妳很幸運。不然妳可能會嫁給一個職業偷窺狂,就像康拉德。你可是全英國最高薪的窺淫狂,不是嗎,親愛的?

海倫,我想我們最好⋯⋯

喔,對了,我知道,你想趕快回家,好看看鄰居們在吃完週日午餐後會做些什麼,而不是自己找些事來做,當然了。

再見!

哈哈哈!再見海倫。再見,康拉德。

掰。

她是不是對他有點太嚴厲了,

聽著,等到妳跟海倫·赫爾一樣充滿活力、老練世故時,也許妳就能說她壞話。但在此之前,如果我是妳的話,我就會乖乖閉嘴。

給我閉嘴,這樣就好了。

啊,他們都走了,我這群快樂滿足的信徒⋯⋯

心靈經過一番洗滌,準備好重新面對這個世界。你喜歡今天的佈道嗎,丹尼斯?

非常激勵人心,閣下。但我不太懂,你為何要加進撒旦勢力潛伏於我們之中的那段話。

嗯,沒錯,我也覺得這無關緊要。但命運希望能加進這段話,我們身為悲慘的罪人,怎麼能跟全知全能者爭辯呢?

談到罪愆,我好奇上帝今天又要用哪條七大罪來誘惑我了呢?

或許是驕傲,閣下?

哈哈哈，我想的事物比較不那麼空靈縹緲。

年輕女士已經抵達了嗎，丹尼斯？

她已經到了，閣下。目前正在外頭等著。

看來仲介公司似乎搞混了，她不是常來的那些女孩之一，年紀大了一點……

天啊，丹尼斯。我的老天，希望不會太老吧？

她說自己十五歲，閣下。如果你不介意我這麼說，她是一位很有教養的年輕女士。

十五歲，嗯。

啊，好吧，工作上總是難免有不盡人意之處，我也只好自己承擔了。帶她進來，丹尼斯，拜託你了。

馬上來，閣下。

年輕女士來了，閣下。

喔，不得了！我居然還敢懷疑妳那令人頭暈目眩的美貌。都是我不好，孩子，都是我不好。

妳真是幅幻景。一幅完美，天使般的……幻景！

呃……　　嘿。

謝謝。

請不要謝我，
孩子。
相信我……

這是我的
榮幸。

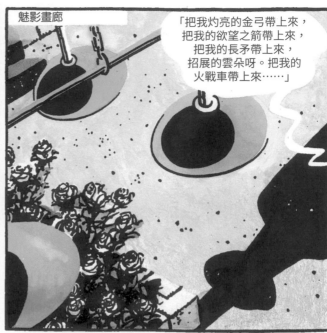

魅影畫廊

「把我灼亮的金弓帶上來，
把我的欲望之箭帶上來，
把我的長矛帶上來，
招展的雲朵呀。把我的
火戰車帶上來……」

「我不會停止
內心的搏鬥……」

「我的長劍
也不會在
手中沉睡……」

「直到我們建立
耶路撒冷……」

「在英格蘭青翠
美好的大地上。」*

＊出自威廉·布雷克詩作《追隨先人的腳步》，
後被改編為聖歌《耶路撒冷》。

西敏寺，院長後庭院，
1997 年 12 月 20 日

酒來了，紳士們。
讓你們在這強風
夜暖暖身子。

幹得好，丹尼斯
你不是應該照料
閣下嗎？

喔，我相信閣下
不會介意我為他的
守護天使投注一點
基督徒的善意。

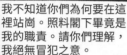

我不知道你們為何要在這
裡站崗。照料閣下畢竟是
我的職責。請你們理解，
我絕無冒犯之意。

不，這個嘛，這可是命
令，不是嗎？美男子艾蒙
德下令的。恐怖分子的事
情讓黨內有點憂心。

所有重要人物的保安
層級全都加倍了。
就我看來，這是在
浪費時間。

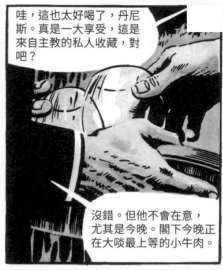

哇，這也太好喝了，丹尼
斯。真是一大享受，這是
來自主教的私人收藏，對
吧？

沒錯。但他不會在意，
尤其是今晚。閣下今晚正
在大啖最上等的小牛肉。

小牛肉？什麼？喔。
是啊。那個綁辮子的
小妞。讚透了。

主教真厲害，不是
嗎？真不知道他哪
來的精力。

喔，上帝總是有求
必應。惡徒也許得
不到寧靜……

不過正義之士總
是能隨時獲得獎
賞。

Chapter Seven
VIRTUE
VICTORIOUS

第七章 美德至上

室內

當然了，我總是說：
「憎恨罪惡，但要深
愛罪人。」哈哈哈

哈。

呃，對了，你介意
我開窗嗎？

好了，若我們將
這條教義繼續延
伸下去的話，我
們就……

開窗？

呃，畢竟今晚實在太美
好，風也正在吹拂……

我想聽聽風聲。我覺得
它很，呃，令人興奮。
你懂我意思嗎？

令人興奮，當然
令人興奮。

我喜歡這樣。
狂野原始的衝動。
我們永遠不該忘記自
己的原始衝動……

「妳不這麼認為嗎？」

「那些在人類靈魂陰暗深處中
擾動的飽滿神祕力量……」

「那些難以言喻的渴望……」

「當時機到來的那一刻，
絕不該拒絕它們。」

妳也感受到了，
對吧？

我知道
妳也是。

呃，沒錯，
我感受到了。

呃，你的聲音真迷人，
感覺十分真誠。如果
你念點宗教的東西，
我相信聽起來一定很
動人。

動人？

這個嘛，嘿嘿……通
常我不會私下表演的。
但妳看起來如此的，
虛心受教……

喔，沒錯，
我很虛心受教，
非常。

好吧。這裡有一篇很不
錯的文章，我今天早上
才讀過。

它就放在隔壁房間，
不如妳跟我來吧。

好啊，太棒了

隔壁房間

呃，這裡就是
隔壁房間？

沒錯。我想應
該不會太……
奢華吧？

不，不會。
這裡很棒，
真迷人。

很好，妳就坐在那邊，
抱歉這裡沒有椅子，
我要念了。

親愛的上帝……

祢在最終審判中赦免了我們，祢向我們提出了最嚴重的警告……

請幫助我們不愧於祢的慈悲，就像祢收回了自己的神諭……

沒有從天堂降下烈焰時一樣。

請幫助我們抵抗魔鬼的誘惑……

在這偉大考驗的一刻，他必定潛伏於我們之中。

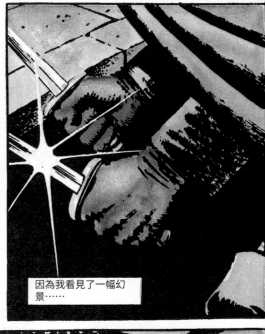

因為我看見了一幅幻景……

一幅來自夜晚，充滿了黑暗和撒旦式邪惡的幻景，試圖誘惑弱者和罪人……

一具詛咒的化身，而他會試圖用自己的惡毒謊言和空洞教養，好玷污祢的真理。

喔，上帝，祢對我們無所不知……

祢是我們的命運和最終宿命……

我們以聖父之名請求祢……

請幫助我們看清祢的聖旨。

請幫助我們抵抗魔鬼的奸計，並堅定信仰祢。單一民族，單一國家，因祢的愛而團結。

以及聖子……

和聖靈。

阿門。

麻煩脫掉妳的衣服。

什麼？

但，聽我說，呃我只是……

喔，沒關係，讓我來……

妳、這個骯髒的小婊子！

我要殺了妳。

殺了妳。

妳在這裡是躲不過我的，妳這個墮落的小人渣。這個地方全都上鎖了。

我會找到妳。妳聽到了嗎？我會……

請容我介紹一下自己……

我是個深具財富和品味……

的男人。

怎麼樣？

什麼怎麼樣？

你說「什麼怎麼樣」是什麼意思？

喔，天殺的廢話。

關掉吧，諾姆，我的老天。我聽得頭都快要爆炸了。

什麼？

悶？這根本是一片死寂，老兄。到底是怎麼回事？現在已經不流行談話這門藝術了嗎？

今晚真悶。

「什麼？」、「什麼什麼？」拜託饒了我吧。

我是說，民眾究竟是怎麼回事？難道大家都不在週日晚上享受魚水之歡了嗎？

這個嘛，就我的例子來說，這是因為我都得跟你這種蠢蛋一起上夜班。

我該去接通主教嗎？

喔，對了。今天是週日，對吧？「兒童時間」今晚刺激到讓我都忘記了。

好啊，接過去，瞧瞧那個齷齪的老變態這週又在搞什麼把戲了。

等等……

簡直宛如地獄。人們化為火影，在黃色煙霧中窒息……

那就是閣下。背景音樂放得很大聲。

接著我看到火焰前出現了一道黑色人影。一個男人。喔，天啊，你是誰？你到底是誰？

我是魔鬼，而我是來行魔鬼之事。

那是男性的聲音。

你加了太多迴音。

不、不，它調得剛剛好。

我沒有名字。

你聽。

你可以叫我 V。

上帝是我的牧者，因此我必不致缺乏。祂將在青草地上餵食我，領我至可安歇的水邊。

打給兔子埃瑟里奇，叫他起床。還有指部的那個人，他叫什麼名字來著？艾蒙德。

以及艾瑞克・芬奇

他使我的靈魂甦醒，為自己的名引導我走義路。

對，我雖然行過死蔭的幽谷，也不怕遭害。*

糟了。

喔，該死。

Chapter Eight
THE VALLEY

第八章 幽谷

西敏寺，稍晚時刻

* 出自聖經詩篇 23 章。

哈囉，
艾蒙德。

芬奇。

到底是誰？
多明尼克。

到底是誰
在外頭？

進行得如何，
布萊恩？
搞定了嗎？

嗯，呃，
艾瑞克，我們
遇上了點問題。
背景音樂。

我們有辦法消除，
呃，大部分的音樂，
但不是全部。所以有部
分，呃，對話會
聽不到……

我認為，呃，這
可能就是代號「V」
預期的用意。

那是貝多芬的第五號交響曲。

噠噠噠噹！

嘿嘿，那是摩斯密碼，你知道嗎？

呃，摩斯密碼？

嗯，那是「V」這個字母的摩斯密碼。

西敏寺，當天下午

所以他在這裡突襲了主教……主教走過門，並一頭撞上他。

之後，我們就聽不到主教身邊那名女孩的聲音了，所以我們可以假設她是共犯，而她偷偷溜走了……

小女孩。老實說，那真是，我們找到了這些雜誌……

嗯，讓我思考一下，多明尼克。好，在那女孩消失之前，她肯定拔掉了其中一根保險絲，讓整間公寓都陷入黑暗。

我們知道這一點，是因為時鐘收音機也插在同一條電路上，而它停在 5:13。

他將主教推進這個房間。

然後他開始播放唱片。

喇叭插的電路跟燈光不一樣。

一片漆黑。他在黑暗中播放唱片。

然後他對主教說了些話，因為音樂的關係我們聽不到在他說什麼。

我們再次聽到主教的聲音，就是這段：

五號，當然了，那天晚上的人就是你。我的老天，我現在都還會夢到它。這四年來我從未停止夢到它。

簡直宛如地獄，人們化為火影，黃色煙霧中窒息。火焰前出現了一道黑色人影。一個男人。

喔，天啊，你是誰？你到底是誰？

我是魔鬼，而我是來行魔鬼之事的。

我沒有名字。你可以叫……

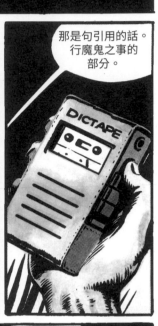

那是句引用的話。行魔鬼之事的部分。

知名謀殺案，將近二十年前的事了。我想是在你當警察之前。

接著代號「V」念出了詩篇第 23 章。

我快轉到那段……

好啦，大概是在這裡……

死蔭的幽谷，也不怕遭害。

好吧，兄弟。好吧。你先等一等……

男僕丹尼斯在這個時候進來。你聽，喇叭突然被關掉了。

「閣下？你還好吧？」

「他沒有傷害我。小心點，丹尼斯。他是……」

記住，多明尼克。丹尼斯手上有槍。在一片漆黑之中，位於門邊。

「好吧，好吧。我會數到五，我要你站到窗邊，把手放在頭上。」

「一、二、」

他沒有數到三。

只剩一片死寂，就在黑暗之中。

然後音樂又開始播放了。之後再也沒聽到丹尼斯的聲音。

他們這一段正在講話，但音樂放得夠大聲，足以蓋過去。他們在談宗教。

有一段聽起來像是「殺了我的情感」一堆胡言亂語，然後他們談到了聖餐和聖餐餅……

中間出現了「變體論」這個詞。這是在講變體的奇蹟，意思是將聖餐餅變成耶穌的聖體，源自天主教的理論。

就是這裡。你聽聽……

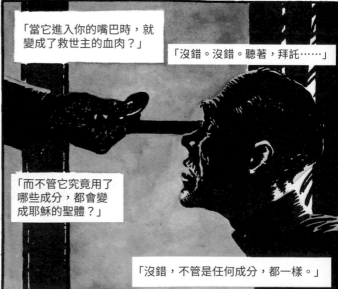

「當它進入你的嘴巴時，就變成了救世主的血肉？」

「沒錯。沒錯。聽著，拜託……」

「而不管它究竟用了哪些成分，都會變成耶穌的聖體？」

「沒錯，不管是任何成分，都一樣。」

76

我要你把它吞下去。

然後出現了一個奇怪的聲音。人類的聲音。

接著只剩下貝多芬第五號交響曲。

錄音結束

我們剛收到驗屍報告。主教遭毒殺。他體內充滿了氰化物。

你知道怎麼樣嗎？

當那東西進入他的腹部時，它仍然是氰化物。

15 世紀木刻畫，出自《英格蘭編年史》。

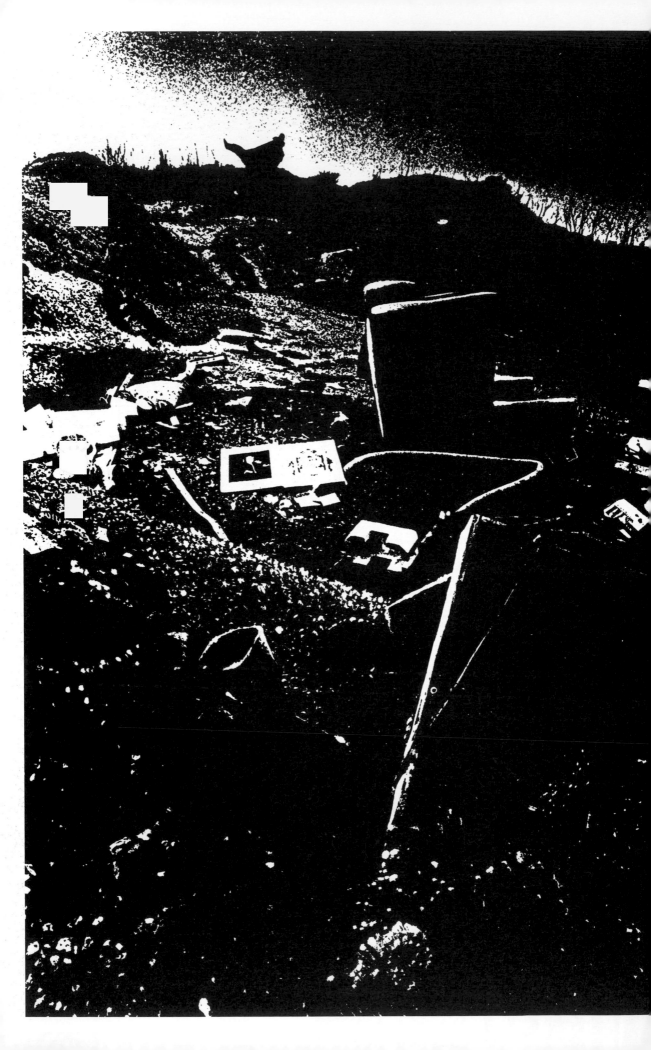

By Alan Moore
and David Lloyd

V FOR VENDETTA

* 死巷

指部，新蘇格蘭警場，
1997 年 12 月 23 日

這裡……

傷口經過一番清理，艾瑞克，但你可以看到傷口邊緣相當參差不齊。

所以你說得沒錯，這不是刀傷。它看起來像是某個物體大力刺穿了皮膚。

嗯。

啊，好吧，謝謝妳的幫忙，迪莉亞。我跟那小夥子今晚要熬夜辦這個案子。妳給了我們一點東西來好好咀嚼。

看來你已經咬了一大口，大到足以毀掉你的聖誕節了。多明尼克告訴我，你是不是打算去請教命運？

嗯。領袖已經授權讓我延長連線。狀況一定很危急。他通常不太喜歡別人使用命運。

喔，迪莉亞，以免我忘記……

妳對此有什麼看法？我們找到了兩朵，一朵在車廂裡，當他擄走了路易斯·波瑟羅時……

另一朵則是在主教的房間。

這是紫色卡森玫瑰。我聽說這個品種在大戰之後已經絕種了，我想植物學家可能對此更加了解。

當然了，好的，沒問題。我再幾分鐘就要下班了，不過……

也許我可以帶它回家。

太好了，那就明天見了，迪莉亞，再見。

再見。

這樣是錯的，V。

第九章 暴力

Chapter Nine
VIOLENCE

V，我也有份。我成了共犯。你把我牽連進去了

V，我不知道你要殺了他！

殺人是不對的。

不是嗎？

妳幹嘛問我？

至於我把妳捲進去一事，我記得當初是妳很積極想要跟我談交易。

我當時不知道你打算要……

你才是那個……

喔，天啊，V……

「V 的背後和心中隱藏了更多祕密，遠超乎我們所有人的想像。問題不在於她究竟是誰，而在於她究竟是何來歷。」*

妳終究會學到的，艾薇。

* 出自湯瑪斯・品瓊的小說《V》。

妳終究會學到的。

騎士橋，艾蒙德夫婦

戴瑞克？

我不想談這件事，蘿絲瑪莉……

戴瑞克，不行！

別說了。

戴瑞克，我們不能再繼續裝作沒事了……

你不跟我說話，你不跟我一起吃飯，你不跟我一起做愛。

妳給我聽著！我不必聽妳在那邊囉囉唆唆！完全不必！

為了這名恐怖分子，我每天都被那個死胖子煩個不停，我已經……

嗚……

嗚……

蘿絲瑪莉，
妳可不可以
閉嘴！

如果我們沒有像以前
一樣上床，那問題不
是出在我身上。

如果妳肯花點
時間讓自己
更有吸引力
的話……

喔，
滾出我的
視線。

我晚點
就上去。

我要清理
我的槍。

魅影畫廊

V

對不起。我
只是想推卸
責任。

我對此感到很抱
歉，但我不願意
再殺人了，V……

即便是
為了你。

我再也
不殺人了

89

普拉斯托，晚上 9 點 17 分

普拉斯托，晚上 9 點 17 分

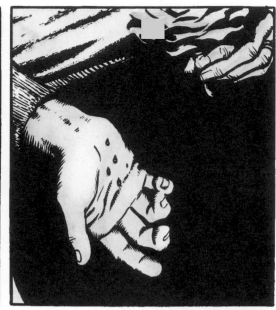

魅影畫廊

「來堆一座巨大的沙堡吧!」月亮臉大叫。「等海浪沖來,我們可以坐在上面。」

「我們不能這麼做。」絲兒突然顯得很失望。「為什麼不能?為什麼不能?」喬驚訝地大叫。「這裡難道不是想做什麼都可以國嗎?」

「沒錯。」絲兒說。「但我們該回去遠遠樹了。這片土地很快就要往前邁進了——儘管這裡很美好,但我們不想永遠住在這裡。」

「當然不行。」喬說道。「爸爸和媽媽可少不了我們……」*

出自伊妮·布萊敦的童書《魔法樹2:遠遠樹上的顛倒國、甜點國、壞脾氣國、想做什麼都可以國》。

91

鼻部

再說一次，多明尼克。你查過了所有分配下去的房間號碼，而……

地點就是難民營。只有難民營才會用羅馬數字為房間編號。

瞧，你說過「V」這個字母就是全案的關鍵，而路易斯‧波瑟羅一直提到「第五房」。而羅馬數字的五就是 V，

呃，這個嘛，我是說，這只不過是猜測，或許它不具任何意義……

真是天才，多明尼克。太聰明了。

現在就讓我們來查查，瞧瞧這十名受害者中有沒有人待過難民營，等等，有了！

REC/BLK SIZE 80 770

RESTRICTED DATA
ACCESS CODE 1

CODE ⟨387/99⟩

LILLIMAN, REV. ANTHONY JAMES

LARKHILL RESETTLEMENT CAMP
⟨1992 1955⟩

CI CODE ⟨387/116⟩

PROTHERO, LEWIS.

LARKHILL R

而波瑟羅也待過拉克希爾。

利利曼？

就是主教。天啊，小夥子，我想你猜對了。可能只是巧合，但這是我們目前為止最棒的線索了。

那間難民營應該有數十名員工。我們可以一一訊問他們，瞧瞧還會得到什麼線索。命運可以給我們一份名單。等等……

PACK/TATE 2 CN DSK

REC/BLK SIZE 5 80 / 720

RESTRICTED DATA

ACCESS CODES ⟨1 5⟩

FILE CODE ⟨387/006⟩

BLAND, ADRIAN STEVEN...........DECEASED 8.11.94 FILE CLOSED.
COWLEY, PAUL PETER..............DECEASED 24.3.94 FILE CLOSED.
CROSS, DUNCAN...................DECEASED 18.5.95 FILE CLOSED
GREAVES, JOHN ANTHONY...........DECEASED 23.12.93 FILE CLOSED.
GOSLING, JOHN LIONEL............DECEASED 14.7.96 FILE CLOSED.
IRONS, RICHARD..................DECEASED 23.12.96 FILE CLOSED.

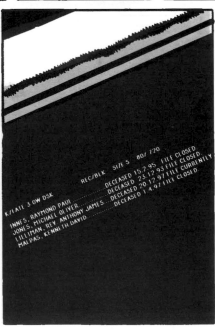

K/TATE 3 GW DSK

REC/BLK SIZE S 80 / 720

INNES, RAYMOND PAUL.............DECEASED 15.2.95 FILE CLOSED
JONES, MICHAEL OLIVER..........DECEASED 23.12.93 FILE CLOSED
LILLIMAN, REV ANTHONY JAMES.....DECEASED 20.12.93 FILE CURRENTLY
MALPAS, KENNETH DAVID...........DECEASED 1.4.97 FILE CLOSED

該死

去世、去世、去世。他們全死了，多明尼克，全都死了。

玫瑰，

是你，對吧？
你來了。

你來殺我了。

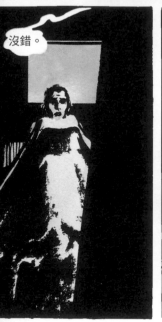

沒錯。

喔，
感謝
上帝。

感謝
上帝。

1997年12月23日，騎士橋，
艾蒙德夫婦

戴瑞克？
怎麼……

戴瑞克？

戴瑞克，
不要

砰

別擔心，
蘿絲。

槍裡沒裝
子彈。

今晚
沒有。

Chapter Ten

VENOM

第十章 毒液

鼻部，新蘇格蘭警場，
芬奇先生和多明尼克

安德魯‧埃蒙‧昆恩，
93.12.23去世，
結案。威廉‧勞斯，
97.7.18去世，結案
彼得‧凱文‧拉匹特，
94.11.5去世……

結案。他殺了他們,多明尼克。曾在拉克希爾難民營工作過的每個人,過去四年來,一個接一個。

他把他們全都殺了。

但你無法確定,長官。其中有些人可能是意外身亡或自然死亡……

又或者只是乍看之下很像是自然死亡,天殺的,多明尼克。你仔細瞧瞧!我們全搞錯了。

我們原本以為他是在兩個月前才突然冒出來。

而這段時間以來,我的天啊,這麼多人。這實在太駭人了,這簡直是徹頭徹尾的邪惡。

這是拉克希爾所有男性員工的名單。那有女性嗎?

我不知道,去查查命運。

他待過拉克希爾。一定是這樣。而能提供線索的所有人現在都……

喔,天啊,芬奇先生,你看看這個。

迪莉亞。我幾個小時前才和她談過,並把那朵玫瑰給了她去好好研究……

REC/BLK SIZE S 80/ 720

PACK/V1 ON DSK

BEGIN:

****
RESTRICTED ACCESS – CODE 002
****

C666: SURRIDGE, DR. DELIA ANNE...LARKHILL RESETTLEMENT CAMP (1992-1993)

667: CURRENT EMPLOYMENT.........PATHOLOGIST

668: (SEE DEPT. OF INVESTIGATIONS AA/1855/92/2)

END

打給她,多明尼克,然後打給艾蒙德。

我正在打。醫生的電話目前忙線中……

好吧。總之先打給艾蒙德。代號「V」犯了第一個,也是最後一個失誤。他不可能料到,在找上迪莉亞之前,你居然會先找到和拉克希爾的關聯。

我們這次會搶先等著他。

普拉斯托,迪莉亞·瑟里奇醫生

妳會害怕嗎?

不

不會。我以為自己會害怕，但我沒有。我感到了解脫。天啊，這麼多年了。如此漫長的等待。

你瞧，我一直都知道你會回來……

當我那天晚上看到你，在你逃脫的那一晚。你就站在火焰之前，你轉過身來，直視著我。

我當時就知道，你總有一天會來找我，而你也會找到我。

我，我們的所作所為，我在拉克希爾所做過的事……那是極其駭人的知識，一直糾纏著我揮不去。我居然能做出那種行為。

我曾聽說過美國人做過的一種實驗。他們讓志願者來操作電擊器，告訴他們這會接到隔壁房間的一名病人……

但其實沒有。裡頭只有演員，而他們可以透過對講機聽到他的聲音。醫生下了指令，要志願者開始電擊。

醫生吩咐他們逐漸提高電壓。「受害者」懇求他們住手，他們受命再次加強電壓，受害者這次則尖叫了起來。

過了一陣子，尖叫聲戛然而止，取而代之的是一片寂靜。醫生又叫志願者再次加大電壓……

在「受害者」懇求他們住手之後，有將近 80% 的實驗對象都會繼續施加電擊。即使在他們相信對方已經死了之後，仍有近 60% 的人會繼續這麼做。

他們全都是普通人，卻願意將陌生人折磨至死，只因為有權威人士叫他們這麼做。

有些人甚至說自己很樂在其中。我想我當時也很樂在其中。人類既愚蠢又邪惡，我們有些不對勁。

我們應該要被剔除。

我們罪有應得。

某種醜陋的缺陷……

騎士橋

哈囉？對，我是艾蒙德。

嗯。

是嗎？你怎麼辦到的？

97

等一下。你說的是迪莉亞・瑟里奇？那位醫生？

但她怎麼會跟……不。

不，不，沒事，晚點再說，好。

對，我知道地址。在普拉斯托。

對，你打給樓下，叫他們立刻派一組人過去。

嗯，我正要上路。好，再見。

真有趣。

我今天收到了一朵你的玫瑰。是艾瑞克・芬奇給了我。他在鼻部工作，那個調查部門，他正在追捕你。

我本來不確定那名恐怖分子就是你，直到我看見那朵玫瑰。真是奇特的巧合，我居然在今天收到它……

那不是什麼巧合，迪莉亞，只不過是巧合的幻象。

我手上有另一朵玫瑰……

是要給
妳的。

那麼，
你是來殺
我的。

我在十分鐘前就
殺了妳。趁妳睡
覺的時候。

我會死得
很痛苦嗎？

不，
毫無痛苦。

很好，
那就好。

拜託？
我可以……

我可以再看看
你的臉嗎？

太美了……

別想輕舉妄動，
你這該死的
混蛋。

你沒聽到我來了，
是吧？你沒想到我們
會查出真相吧。

一切都結束了，
朋友。全都
結束了。

老頭子跟我說，如果不
交出你的人頭，就拿我的來
代替……但誰又料得到呢？
結果是你要送命！

因為你站在那裡，
拿著你的帥氣刀子，
還有你的空手道花招。

而我手上
有把槍。

芬奇先生，呃，總要有人去通知艾蒙德太太，然後，呃……

長官，有沒有任何事……

我要他為此償命，多明尼克。

她是個好女人。在她改當驗屍官之前，她曾以醫師身分不眠不休地工作，也很關心他人。

我曾見過她治療那些小孩子……

對天發誓，多明尼克，我要他為此償命。

長官，我們在書桌上找到了這個。是瑟里奇醫生的日記，記錄了她待在拉克希爾的那幾年發生的事，裡頭可能藏有故事的全貌。

我受夠了故事，多明尼克。我受夠了事實和日期以及屍體，我已經太老了。

我太疲倦了。

1997 年 12 月 24 日，晚上 10:58，芬奇先生回報

這是復仇，領袖。

昨晚大約十點，代號「V」進入了病理學家迪莉亞・瑟里奇醫生的家中，對她注射了一種目前尚未辨明的毒藥。瑟里奇醫生已經身亡了。

很有可能是趁她睡覺時注射的。沒有掙扎的跡象。

在他離開案發現場之前，艾蒙德先生出其不意地現身在代號「V」面前。艾蒙德先生手上有一把左輪手槍。

他顯然忘了幫槍裝子彈。代號「V」以鋒利之物襲擊了艾蒙德先生。凶器大概是把刀吧。

艾蒙德先生也身亡了。

艾蒙德先生是去警告醫生，本部門已經找出了路易斯・波瑟羅綁架案和利利曼主教謀殺案之間的關聯性。

他們兩人都曾於 1992 至 93 年之間在拉克希爾難民營工作，瑟里奇醫生也是，我們試圖警告她。

結果遲了一步。

但在那之後，我們找到了醫生的日記，裡頭記錄了五年的內容，尤其聚焦在她待在拉克希爾的時光，自今早以來，我已經讀了七遍……

仍然不知道代號「V」究竟是誰。

但我想，我可能知道他究竟是何來歷。

我從日記中摘錄了幾個關鍵段落，跟我自己的發現相互比對，再依照順序排列。老實說，從中顯現的故事真是太不可思議了……

它從 1993 年 4 月 30 日寫起。我念給你聽：

我今早抵達了拉克希爾。司機是個叫葛斯林的男人。他整趟車程都沒有對我說半句話。

天啊，這地方實在糟透了。

我見到了波瑟羅指揮官，老實說我覺得他既粗俗又討厭。他答應當我安頓好之後，就要帶我去見研究對象，而時間就在今天下午。

他們真是一群可憐人。波瑟羅告訴我，他們習慣汙穢，如果我不趕快開始工作，他們恐怕就派不上用場了。

5 月 17 日，就快完成我這個計畫的最終版排程了。截至目前的成果令我非常興奮。

用老鼠或兔子實驗時，荷爾蒙研究幾乎毫無用處，而這是天上掉下來的大好機會，能學到某些正面的東西。若一切順利，我下週就能著手研究。

5 月 23 日，波瑟羅選出了研究對象，總共 48 人。而我今天下午有機會去檢視他們。他們實在如此虛弱又可悲，令人忍不住厭憎。

他們在面對死亡時從不奮戰或掙扎，他們只用虛弱眼神盯著你，讓我心理上很噁心，簡直稱不上是人類。

6 月 5 日，總算，我們終於辦到了。48 人全部都注射了第五劑，混合了皮圖亞靈和皮涅亞靈。老實說，現在高興還太早，還不會有任何結果。

那個令人心裡發毛的神父東尼·利利曼，堅持要到場提供心靈支援。他摩擦著自己的雙手，直盯著我的胸部。我恨他。

6 月 9 日，

在原本的 48 人中，超過 75% 如今都死了。

剩下的十人裡，我懷疑只有三人能撐過今晚。其中一名黑人唐納克·雷恩的狀況特別糟。

他一直處於精神錯亂的狀態，以為自己身在牙買加的京斯敦。另外，他長出了四顆乳頭，而他的生殖器官已經萎縮了。

奇怪的是，找不出任何跡象顯示，究竟哪一組人死得比較快。如果要說的話，女性的抵抗力比男性稍微高一些，尤其是黑人女性。

莉塔·柏伊德，那名女同性戀，在下午茶時間去世。在驗屍過程中，我們在她小腿裡找到了四根退化的細小手指。

6月18日，現在只剩下五人了。兩男三女，這和我6月9日的日記預測不同。我們將他們安置在醫療棟的個人房。

第五房那名男性是個很有趣的病例。

就肉體上來說，他似乎沒有任何毛病，沒有細胞變異，沒有任何異常。

但他變得相當狂躁。第五劑似乎造成了某種精神崩潰。

奇特的是，他身上出現了令人好奇的副作用，引發了某種程度的思覺失調症。

他的個性變得極具魅力。他很少說話，但他看著你的眼神總是別有深意。

他今天看我的眼神，好像在看昆蟲一樣。他看著我的眼神，彷彿是在可憐我。

他的長相很醜。我一整晚都在想他的臉龐。

我認為最令我感興趣的就是他的行為模式。那通常都很荒謬，但骨子裡則似乎另有一種扭曲的邏輯。

我擔心在自己看到結果出爐之前，黨裡可能會有人下令中止這項計畫。波瑟羅今早也是這麼說的。我們等著瞧吧。

7月12日，帕特爾，第三房的那個亞洲人，今天死了。他的肝臟衰竭了。還沒機會幫他解剖，好找出箇中原因。

我又花了很多時間研究第五房，我很害怕。

我很慶幸我們讓他去嘗試了園藝計畫。波瑟羅一開始很不情願，我猜因為食物短缺的關係，這些機構都必須自給自足了。

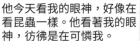

他現在可開心了，那隻肥蛤蟆。第五房居然是個園藝天才。

他趕走了粉蝨，而收穫量看起來會相當豐碩。

8月7日，農作物產量幾乎翻倍了。波瑟羅讓第五房訂了些園藝用品，甚至還給了他一塊地來種花。

他種了玫瑰，極其美麗的玫瑰。第一房的女性今早死了。她臉部和頸部的肌膚變得跟塑膠一樣。

9月16日，這個季節不太需要花工夫在農園上。第五房想幫忙裝飾工作人員宿舍。

要說服波瑟羅可能得費點力氣。第五房拿訂購的肥料做的事，仍然令他感到有些不安。

肥料在他房裡排成了一堆又一堆，形成某種幾何圖案。他會坐在正中央好幾個小時一動也不動，阿摩尼亞的臭味有夠重。

9月29日，波瑟羅為了第五房的油脂溶劑來找我麻煩。他訂了十四加侖，並用掉一半裝飾自己的房間。波瑟羅挖了挖鼻孔。

溶劑和肥料使得第五房地板上的圖案變得越來越精細。我必須澈底追蹤他這執迷狀況，這可能是新的症候群。

11月5日，他的房間塞滿了太多垃圾。阿摩尼亞的臭味很嚴重，同時還有游泳池的氣味。天知道那是從哪裡來的。

我相信這一切在他腦中都顯得十分合情合理，我非常確定。

我下一篇要念的日記是1993年12月24日，裡頭記錄了前一天的事件。

日記開頭寫著：「他看著」，然後又被畫掉。接著寫道：「不，我還無法寫出這件事。實在撐不住……」然後又是一段空白。

接下來，日記出現的文字，則是用另一種顏色的墨水所寫的……

我當時跟大家在一起。當我們聽到第一聲爆炸響起時，大約是10:30。

我們跑到了門口，瞧瞧怎麼回事。幸運的是，我待在最後方。

最前頭的人直接跑進了毒氣之中。實在太可怕了。

有些人衝出了後門，好避開毒氣。到處都聽見人們的尖叫。

男人的尖叫，我恨死了。我恨死了男人的尖叫聲。

在營區中央，所有東西都在起火燃燒。正當我們試著找出究竟發生了什麼事時，焚化爐爆炸了。

我拔腿就跑，每個人都在逃跑，各自往不同的方向跑。實在太可怕了。

那是第五房的男人幹的好事，他逃出房外，他逃出生天，他炸掉了一切，他殺了……

我怎麼可能猜得到……阿摩尼亞，油脂溶劑，以及所有其他的原料。他一直製造東西。

芥子毒氣……

和燒夷彈。

我在操場上見到了他。他站在烈焰之前，全身赤裸……

他看著我。

彷彿我是一隻昆蟲。喔，天啊，彷彿我被放到了載玻片上一樣。

他看著我。

他走了，營區遭到關閉，沒有人談論這件事，沒人知道他去了哪裡。

故事到此結束。

這是最後一篇日記，六個月後，瑟里奇醫生在休養過後回到了倫敦。

但故事並沒有真正結束，對吧？第五房的男人究竟發生了什麼事？在他逃出拉克希爾之後的四年以來，他到底做了些什麼？

他如何成為代號「V」？

在那四年中有部分時間，或許是用來為他目前的攻擊行動事先布局；或許是用來為自己準備一個行動基地⋯⋯

但我們有證據顯示，他做的可不僅僅如此而已。令人震驚、極其駭人的證據。

在 1993 年至 1997 年之間，有超過四十名曾在拉克希爾工作過的人都看似意外身亡。最終只剩下三人。

他把這三人留到了最後。

他擄走了路易斯・波瑟羅，那位挑中他來注射第五劑的難民營指揮官。那藥毀掉了他的心智。

波瑟羅如今也無藥可救地瘋了。

他造訪了利利曼主教，逼他吞下了有毒的聖餐餅。對他那種人來說，簡直是可怕、不體面的死法。

但你可以在裡頭找到某種黑色詩意，不是嗎？某種絞刑臺式的幽默感？我不知道。也許你感受不到吧。

最終，就剩下迪莉亞・瑟里奇醫生了，而代號「V」今天早上拜訪了她，就在他逃出拉克希爾的四週年紀念日上。她是個好女人，一個充滿人情味的女人。但在我讀過這本日記之後⋯⋯

我不知道，我不知道，她現在已經死了。

她，以及每個曾在拉克希爾工作過的人都死了。她跟所有能指認他的人都死了。

你瞧，他也許有兩個可能的動機，不只一個。

第一個動機是復仇。他逃出了拉克希爾，立誓要報復那些折磨過自己的人。國會爆炸案和其他犯案都只是煙霧彈。

整件事都是一場精密策劃、令人毛骨悚然的復仇。

有趣的是，這個解釋最令我感到心安。

因為這代表他已經到此為止。這代表一切都結束了。

第二個動機則比較兇險。就如我所說的，所有能指認他的人如今都死了。

萬一他只是在作事前準備呢？

萬一他還另有企圖呢？

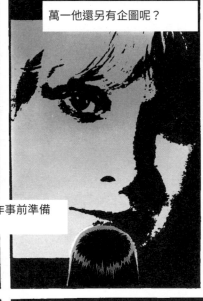

你瞧，我們找到的這本日記……它就大剌剌地擺在醫生的書桌上，我們根本不必特地尋找。

我相信，他是故意留在那裡，他希望我們找到這本日記，他想要我們知道整個來龍去脈。

不過……有趣的地方就在這裡，他不希望我們得知全貌。

當我們找到日記時，有幾頁已經被撕掉了。那不是瑟里奇醫生撕的。

缺失的那幾頁究竟寫了些什麼？他的姓名？他的年紀？他究竟是猶太人、同性戀，黑人還是白人？

此外，更進一步說，如果他的仇真的結束了……

他何必在乎我們究竟知不知道真相？

他在跟我們玩遊戲。他玩的遊戲就跟第五房地板上的圖案一樣精細。同樣精細，也同樣瘋狂……

……也同樣致命。

你瞧，當你在處理這種事情時……一場既巧妙又不理性的計畫，就像是走在流沙上，你會慢慢沉下去……

我是說，命運沒有留下任何關於拉克希爾的紀錄。我們不會保留任何有關難民營的紀錄，我想這是為了以防萬一。

但聽著，就我們所知，這本日記也可能是偽造的。可能是代號「V」自己寫出來的。

他或許從來沒有待過拉克希爾，你懂嗎？這可能是另一顆煙霧彈，一條假線索，另一個憑空捏造的故事……

芬奇先生，你以為我會相信，有人只為了掩蓋自己的過去，就沒來由地殺了超過五十個人嗎？

這想法實在太……

瘋狂。

啊！這樣啊。

我懂了。

很好，你可以下去了芬奇先生。英格蘭必勝。

喔，對了，芬奇先生？

領袖？

聖誕快樂。

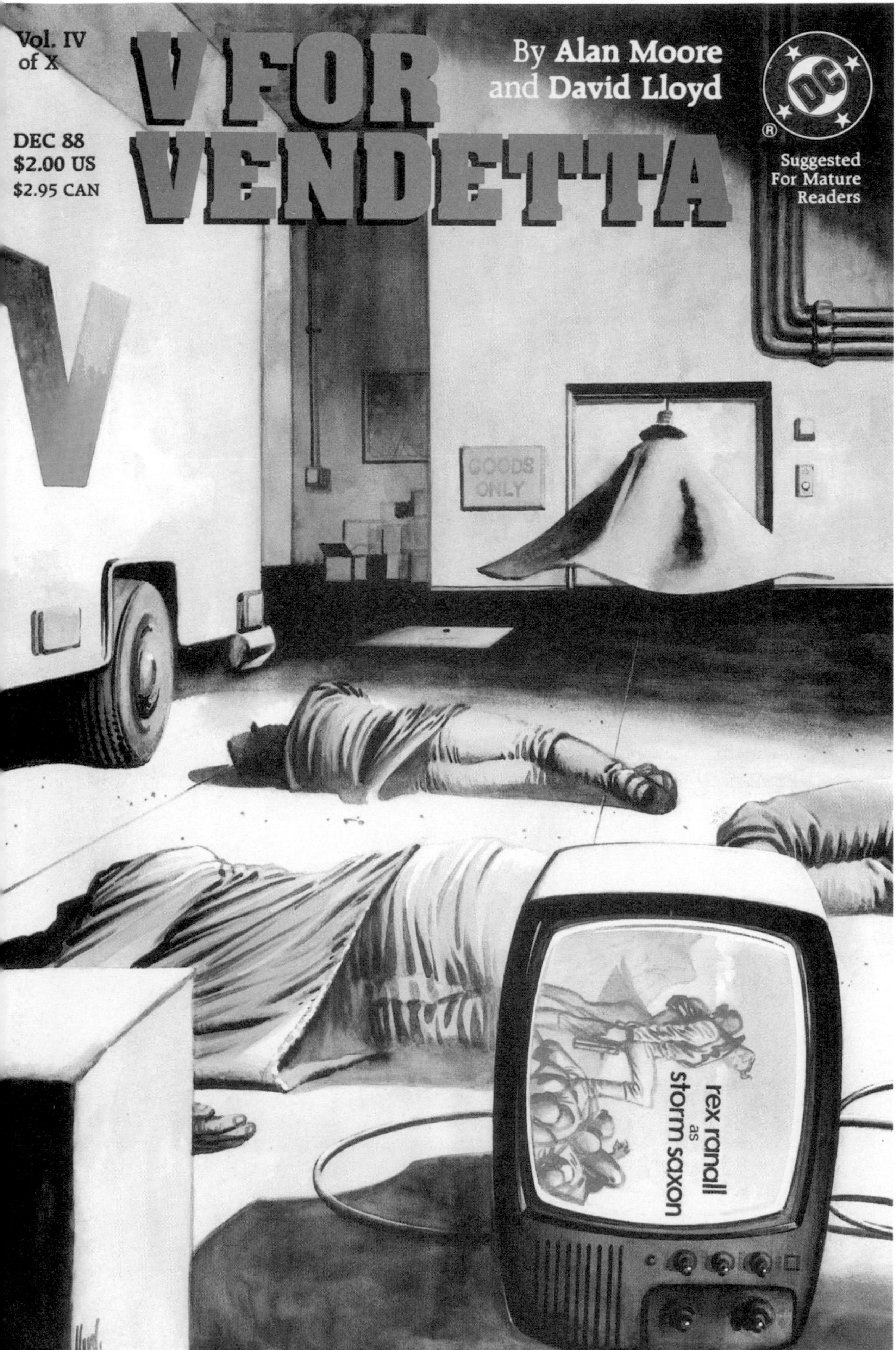

Vol. IV
of X
V FOR
VENDETTA
By Alan Moore
and David Lloyd
DEC 88
$2.00 US
$2.95 CAN
Suggested
For Mature
Readers
V
GOODS
ONLY
rex ranall
as
storm saxon
Lloyd.

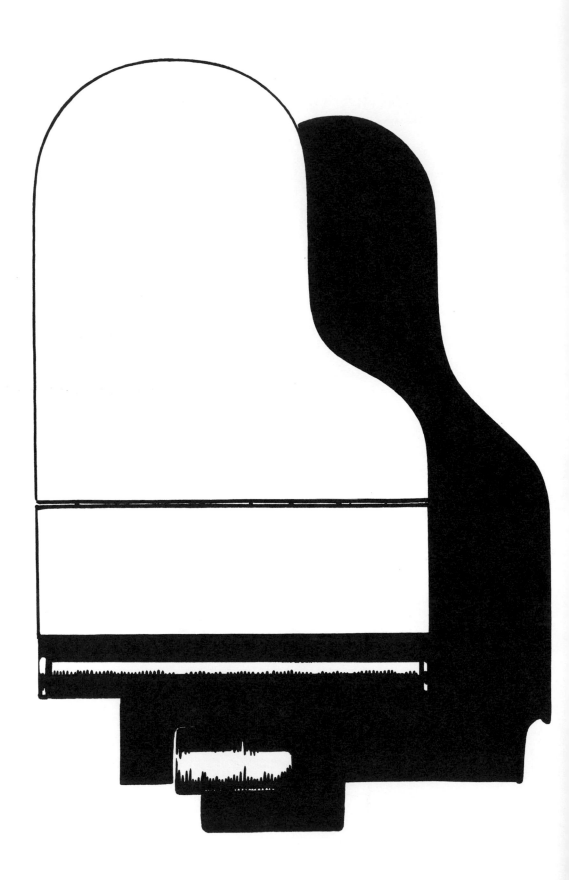

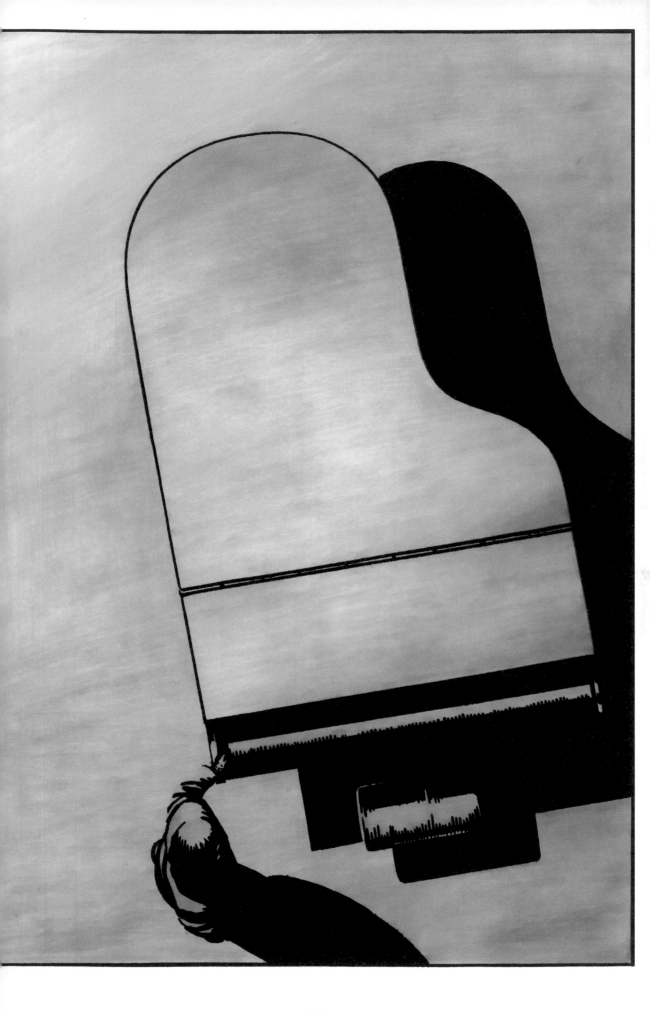

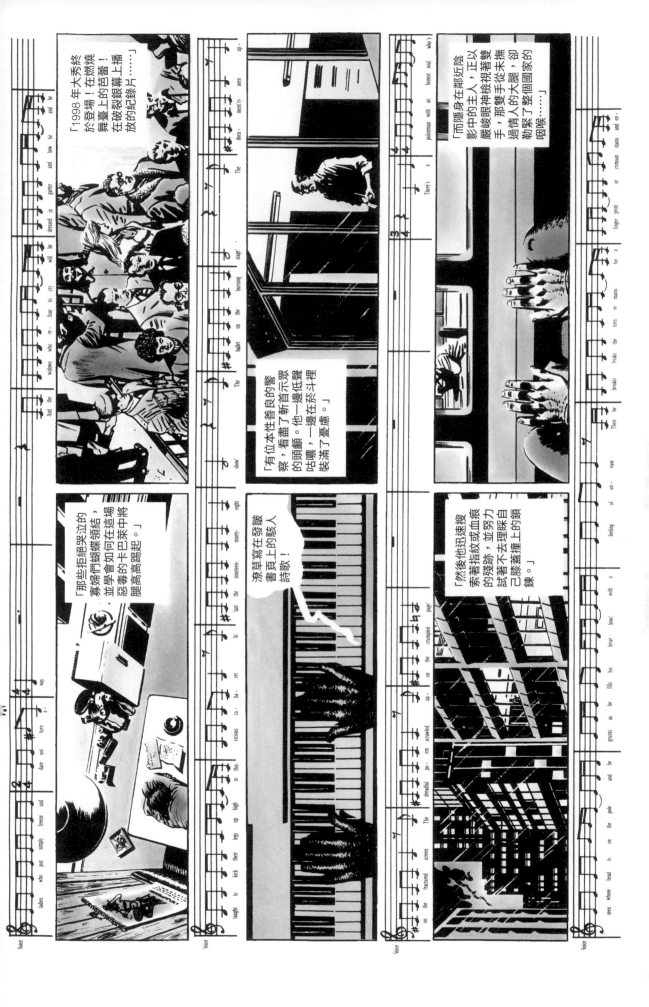

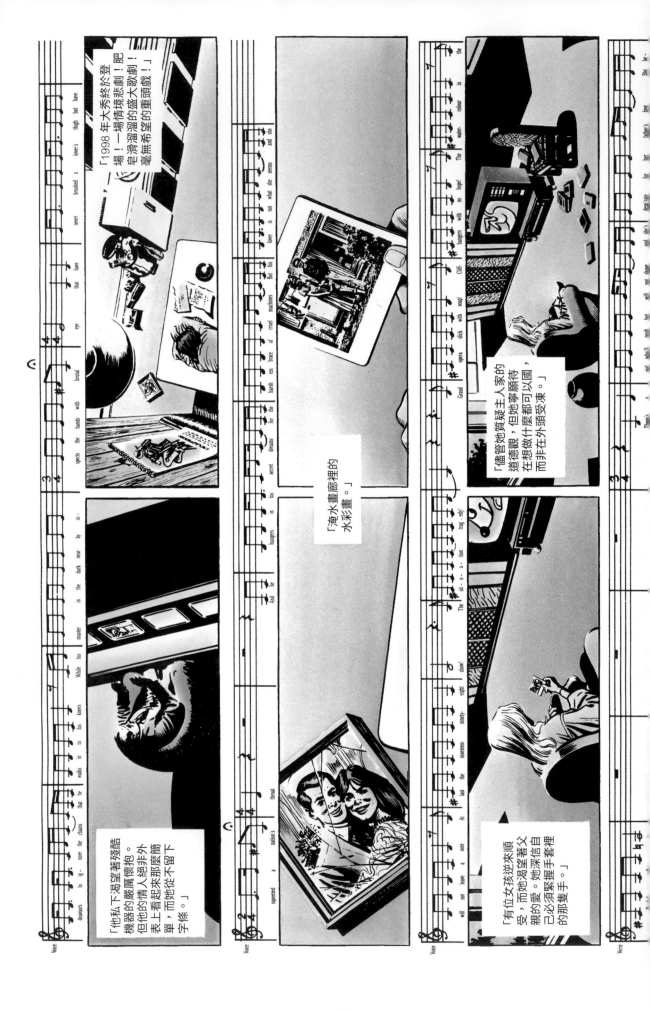

124

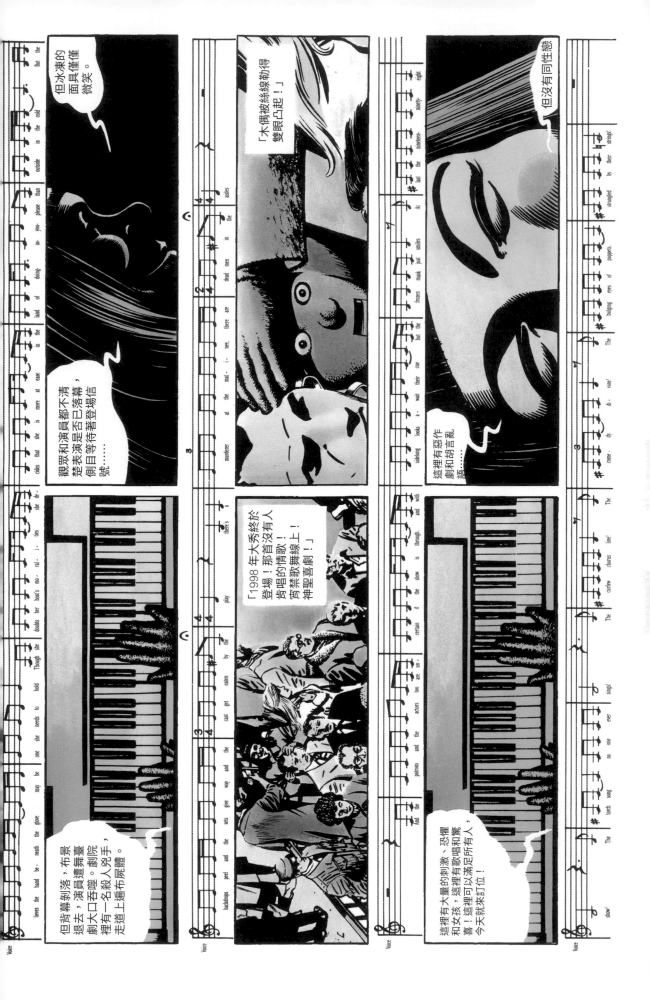

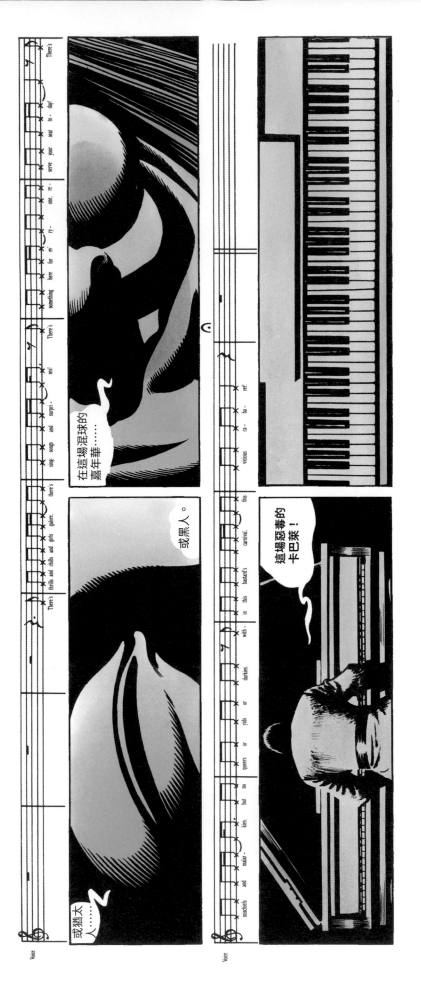

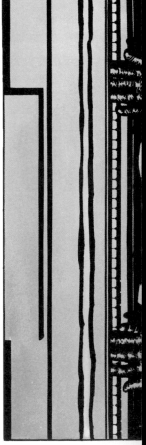

1998 年 1 月 5 日，
魅影畫廊

如妳所見，
我雙手都空
空如也……

沒藏任何
東西。

……衣袖裡也
什麼都沒有。

不過，只要我
手輕輕一拉，

兔子
消失了！

把她
變回來！

把她變回來？如果
她很喜歡現在的環
境呢？我們有權利
打擾她嗎？

啊，但我看妳心意已決。
好吧，我們再把這塊布
擺回去，就像這樣……
當我們再次拉開
之後……

瞬間！

兔子又回來了！

但這次換成她的家不見了。

第二卷
惡毒的卡巴萊

BOOK 2
THIS VICIOUS CABARET

CHAPTER 1
THE VANISHING

第一章 消失

稍晚時候

V

是？

你從來沒有……我是說，自從我來了之後，你沒有……

這個嘛，我是想說，這不重要。不過，嗯，我只是覺得你可能，呃……

不想要我。

完全不要

我是說，這不代表你應該這麼做。我也沒有要你這麼做

我是說，這個嘛，也許有很多原因……你知道的，為什麼你從來不，你知道的，跟我上床之類的。

也許你另有情人。如果是這樣，我可以理解。

或者，呃，也許你不喜歡女人。不過，這也沒什麼錯。

又或者也許……

又或者我可能是妳父親？

你怎麼知道
我在想什……

V？V，你
是嗎？

跟我來，
艾薇。

我要給妳
個驚喜。

抱歉，妳必須
戴上這個。
別擔心……

這也是驚喜
的一部分。

往這
邊走。

V，我們要去哪裡？
好像變冷了……

噓，艾薇，
然後聽著……

聽什麼？

我只不過一直思考，
我應該幫你，就像你
幫我一樣，交易就是
如此，不是嗎？

不談交易，艾薇。
除非妳想這麼做。

那是我
說的。

那是我對你
說過的話……

V？我們
在哪裡？

我們能談
交易嗎？

是，我想我們
能談個交易。

V，這樣很怪，
我不喜歡。

我不願意再殺
人了，V！

即使是為了你，
再也不願意了。

我受夠了，這好
蠢，而我很冷，
我要拿掉……

喔。

V，我們在哪裡？
如果有人看到我們
怎麼辦？

V，我不喜歡這樣。
我們回去裡面吧。

我們
不能。

絲兒突然顯得很悲傷。
「為什麼不能？為什麼不
能？」喬驚訝地大叫。
「這裡難道不是想做什麼
都可以國嗎？」

「沒錯。」絲兒說，「但
我們該回去遠遠樹了。
這片土地很快就要往前
邁進了——儘管這裡很
美好，但我們不想永遠
住在這裡。」

「當然不行。」喬說道，
「爸爸和媽媽可少不了
我們。」

V，
別說了！

我不是妳父親，
艾薇。

妳父親已經死了。

V，這一點都不好笑。**這太可怕了。**

我要你帶我回家。

我要你……

V?

你走了，戴瑞克。我從來沒喜歡過你，我很害怕你。我愛過你。

你已經走出了布幕……

我也是。

第二章 布幕

CHAPTER 2
THE VEIL

他們全都現身葬禮了。他們其實也不喜歡你，對吧？我以前從未發現這一點。

海倫·赫爾幾乎沒跟我說話。她看起來很害怕，好像傳染到喪親之痛了一樣。

羅傑·達斯康比也到場了。他問我帳單付不付得出來。

他對我表現得非常友善。

當我離開時，他握了我的手，說如果有任何需要都可以打給他。

他在說這句話時，短暫笑了。

握住我的手太久。

他在開價，戴瑞克。沒錯，他讓我反胃。沒錯，我恨他……

但當你是個寡婦，整個世界看起來都不同了。你走過了一面帷幔，而來到了一個地方，這裡每個人對待你的方式大不相同了。這是個淒涼的地方。你走了，戴瑞克……

而我孤自一人。

戴瑞克，我現在的處境既寒冷又黑暗，十分令人害怕。

而這個世界又如此危險。

你在雨中赤身裸體，一切都被奪走了……所有安全感和溫暖和保護。

而你願意嘗試任何避風港。

任何避風港都好。

你看，你已經迷失了。你所瞭解的整個世界已經不見了，每個地方看起來都如此不祥又迥異。

你在黑暗中摸索……

然後你試著去接觸，某種程度的接觸。

這可能不太愉快，
而你可能遇上挫敗，
只好打退堂鼓。不，
不能這麼做，只要
不這麼做都好⋯⋯

不過說真的，你又能去哪裡
呢？你還有哪些其他選項
呢？

你只能繼續走下去，深入黑
暗之中。

孤獨。

完完全全且澈底的孤獨。

達斯康比稍早
打來。他提議
一起吃飯喝酒，
好逗我開心。

我拒絕了。他叫我改變
心意之後再打給他。

他們不肯撥政府撫恤金給我，戴瑞克。而且我找不到工作。你看，我沒有工作經驗，但我必須照顧這個家……

我必須付房貸，還有電費，以及電話費。

我想到了你，戴瑞克。想到做愛、不做愛、吵架和喝酒以及我真的愛過你。

你曾經是我的生命線。我被困在家裡，你是連結我跟這個世界之間的橋梁，而我仍然緊抓著你不放。即便你已經壞毀破碎，而我活得漫無目的……

同樣的畫面一再重覆地上演。

我坐在最後一排，看著那些畫面……

在骯髒陳舊的記憶戲院裡。

我會重回昔日的角落，甚至是最陰暗污穢的角落……

只因為你曾經在那裡。

我試著緊緊抓住不放，緊緊抓住某個東西，即便我很清楚它已經不在了。即便我知道你已經不在了。

你。

the salt flats
it's about letting go...

Award Nomination Best Film 1986*

ERIE PAGE
ATTO
AW

*1986 最佳影片提名《鹽灘》，關於放手的故事，由瓦蕾莉‧佩吉演出

139

我的摯愛。

你已經不在了。

任何事都無法
改變這一點。

我只能收拾所有的
記憶，把它們跟其
他無用的紀念品一
起收進抽屜裡……

然後繼續
走下去。

你必須繼續走下去。

我們全都得繼續走下去，那就是我們的生
存之道。

那就是我們的使命。

*力量源自純淨，純淨源自信念

140

我們的使命就是要生存。

蘿絲瑪莉？

不論付出任何代價。

妳要去搭計程車了嗎？我想可以去我家喝咖啡……

他讓我噁心，讓我覺得骯髒。我知道他會這麼做，只是為了報復你，即便你現在已經死了。

但他人在這裡，戴瑞克。

我無法面對通往黑暗之路。

我自己一個人辦不到。

我心意已決，戴瑞克。我在午茶過後打給了他……

而布幕在我身後闔上。

天啊。

天啊。

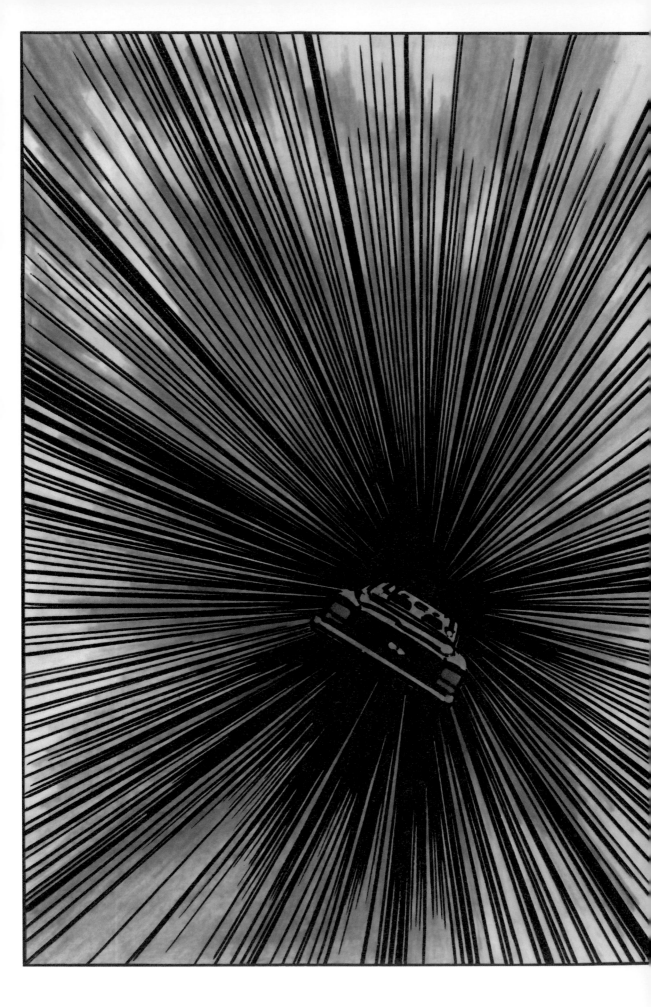

1998 年 2 月 23 日

就是今天，海蒂！2501 年 10 月 1 日。

揭竿起義的那一天！

這些黑人屠夫已經霸道橫行了太久！他們強姦了我們的女人，燒毀了我們的房子和財產……

但到此為止，海蒂。

因為從今天起，

風暴薩克森將開始反擊！

喔，風暴！抱我，緊緊抱住我！

我……海蒂？妳怎麼了？

在你後面，風暴！當心！

搞什麼！

所以你就是鼎鼎大名的風暴薩克森！

大家瞧瞧！這個漂亮的白人小姐又是誰呢？

你這個臭雜種！如果你敢碰她……

否則你想怎樣呢，不可一世的風暴薩克森？好啦，壓住那位小姐，大夥們……

143

李洛伊！當心！那個白色魔鬼手上有雷射槍！

去死吧，你這死黑人生番！

去死！去死！去死！

第三章 影片

CHAPTER 3 VIDEO

下週二 8 點 5 分在 NTV 一臺，觀眾可以再次欣賞風暴薩克森噩夢似的未來英國。

現在席德和布蘭達則遇上了大麻煩，因為鄰居指控他們正在囤積食物。

請收看一臺接下來播放的《非笑不可》。

過去三年來，亞伯丁曾有 230 人在 S.N.A. 發動的暴力事件中喪生。

在格拉斯哥，死亡人數又更高了。今晚在二臺，《界面》將審視這場愚蠢暴力恐攻背後的真相……

我曾待過愛爾蘭，這比當時還糟。糟上許多……

布蘭達，這是妳的門環嗎？*

十歲小孩拿著手榴彈。

什麼？

女人會往你身上吐口水……

彈簧加壓的尖刺，就放在後車廂裡……

妳的門環！妳媽送給妳的那對銅製門環！

喔，呃！我還以為你在說什麼呢！

*門環在英文俚語中也有「乳房」之意。

在瓶子裝滿了汽油，一塊破布……

哈哈哈哈哈哈哈哈哈哈。

至於在伊斯特豪斯，此地，啊，暴力事件正在往上攀升……

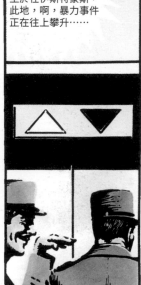

席德，軍火工廠的葛洛佛先生要我明天跟他一起加班，好趕上業績……

他說我的進度有點落後！*

哈哈哈哈哈哈哈哈哈哈哈！

＊暗指臀部瘦小。

我是說，朋友……

當我站在他這個老穆斯林的身旁……

他眼中彷彿射出了子彈……

妳說什麼？

總而言之，如果我表現出強烈的工作意願，他可能願意讓我試試更好的位置！*

＊暗指體位。

升職，席德！我想他已經看上我了！

他前幾天才說，我胸懷大志！*

＊暗指胸前豐滿。

對，我相信
他這麼說！

哈哈哈哈哈哈
哈哈哈哈哈！

M-15 步槍、
尖竹椿、白磷
彈，用上塑膠
碎片而無法被
X 光探測的炸
彈⋯⋯

哈哈哈哈
哈哈哈哈
哈哈哈！

哈哈哈
哈哈哈哈！

這不是一幅美麗的
景象，對吧？不
過 S.N.A. 已經確
實逐漸被逼到更北
方⋯⋯

希望到了預定期
限的 2000 年，
聯合王國將更加
團結。

好啦，《界面》下週將審
視蘇聯小麥種植失敗的衛
星照片，並質疑：俄羅斯
是否將面臨另一場
革命？

到時見，
晚安。

喔，席德！
傑洛夫！

如果有人進來
的話怎麼辦？

我是說，我們應該
要上班才對⋯⋯

我剛剛就是
這麼說的！

席德。

哈哈哈哈哈哈
哈哈哈哈哈哈哈
哈哈哈哈！

二臺接下來將轉
換一下步調……

因為我們將前往綠
色碼頭，迎接由傑
克·華納主演的經
典警匪影集最新一
集……

晚安，
各位

犯罪，這是個醜陋
的字眼，即使是在
綠色碼頭這裡……

尤其當它牽涉到像你
我這樣的無辜百姓，

今晚我將告訴你們有
關哈利·畢夏普的故
事，他發現了犯罪究
竟有多麼醜惡……

並付出很
大的代價！

一切都始於我女婿安迪在
晚餐時對我說的話……

拿
走！

你說什麼，葛
洛佛先生？

你的購物袋！把
它們從我桌子上
拿走！

喬治，我很
擔心勞德
岱……

老勞迪？為什麼？發
生了什麼事，安迪？

我不知道，喬治，他
變得，這個嘛……很
不一樣。

天啊，葛洛佛先生！
我的甜瓜就快要掉出
來了！

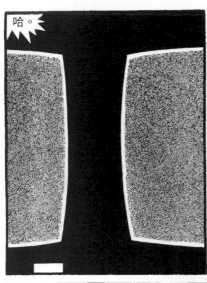

哈。

畫面消失了……

去修一修，老爸。

該死，畫面不見了……

爸！電視故障了！

是天線的問題嗎？

媽？電視……

我電視費白花了嗎？

等一下……

這樣好多了，先別動……

「啊……」

晚安，倫敦。

我們該好好聊聊了。

你們坐得舒服嗎？

那我就開始了……

HER MAJESTY QUEEN VICTORIA.
1899

V·R·I
HER LIFE
AND
EMPIRE

BY THE MARQVIS OF
LORNE, K.T. NOW HIS
GRACE THE DVKE OF
ARGYLL.

PRINTED BY FIRE
AND HIS MAJESTY
PVBLISHED BY HAF

DAILY MIRROR, Thursday July 7, 1978   PAGE 7

24 HOUR
SECURITY
WITH HIGH QUALITY
DOUBLE GLAZING

Photo: Mitch Jenkins

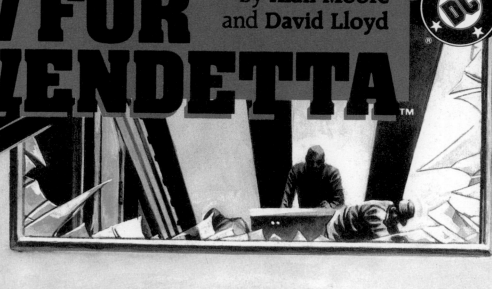

Vol. V
of X

By Alan Moore
and David Lloyd

$2.00 US
$2.95 CAN

Suggested
For Mature
Readers

V FOR VENDETTA ™

WHAT'S MY LINE?

我猜你正在好奇，為何我會在今晚叫你過來。

嗯，你看，我對你近來的表現不太滿意，你的績效一直不斷下滑，而且……

而且，哎，我們在考慮要讓你走人。

喔，我知道，我知道。你在公司待了很長一段時間。幾乎……讓我瞧瞧。幾乎一萬年了！天啊，時間飛逝得真快！

簡直像是昨天的事。

我還記得你毛遂自薦的那一天，你從樹上盪了下來，如此年輕又緊張，在毛髮直豎的手中緊握著骨頭……

你悲傷地問：「我該從哪開始，長官？」

我還記得自己當時說過的每個字：「那邊有堆恐龍蛋，小夥子。」我一邊說，一邊笑得有如慈父。

「開始吸吧。」

CHAPTER 4
A VOCATIONAL VIEWPOINT

DIVERSION →

NTV
NBS.

第四章
職業觀點

好吧，我們從此之後取得了長足的進展，不是嗎？沒錯，沒錯，你說得對，這段時間以來，你不曾曠職。

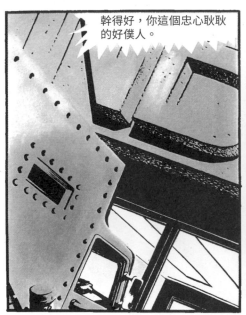

幹得好，你這個忠心耿耿的好僕人。

同時，請不要以為我忘記了你的傑出工作表現，或是你對本公司所貢獻的寶貴心血……

火焰，車輪，農業……這是份很亮麗的名單，老傢伙。一份極其亮麗的名單。千萬別誤會我的意思。

不過，算了嘛，老實說，我們也有自己的問題，實在無法迴避。

你知道我認為這些問題都出自哪裡嗎？讓我告訴你吧。

問題出在你始終不願意在公司內部出人頭地。你似乎不願意揹負任何實際責任，或是為自己作決定。

天知道，你曾得到過很多機會……

我們曾一再提供你升職的機會，而你每次都拒絕了。

「我無法承擔這些工作量，老闆。」你哄騙道，「我知道自己的地位。」

老實說，你完全沒在努力，對吧？

你瞧，你已經原地踏步了太久，而這點也顯現在你的工作表現上……

而我必須補充，這也顯現在你的為人處事上。

你老是在工廠跟人爭吵，這點可沒逃過我的法眼。

或是你近來總在員工餐廳大吵大鬧。

當然了，還有……

嗯。好吧，我實在很不想提起這一點，可是……

嗯，你看，我聽說了一些有關你在私生活上的不好傳聞。

別管是誰告訴我的。我不會透露名字，以免你找他們算帳……

我知道你跟配偶處得不好，聽說你們時常爭吵。我耳聞你會大吼大叫，甚至還揚言要動用暴力。

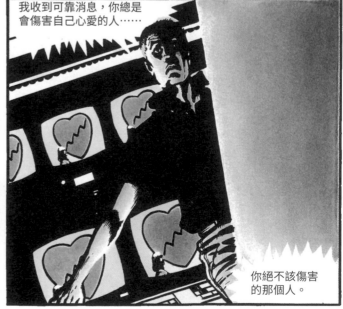

我收到可靠消息，你總是會傷害自己心愛的人……

你絕不該傷害的那個人。

孩子們又該怎麼辦呢？你也很清楚，永遠是孩子們受苦。

可憐的小孩。他們又該如何是好呢？

他們又該如何去面對你的霸凌、你的絕望、你的懦弱，以及你深情培育出的那份頑固呢？

老實說，這實在不夠好，對吧？

而把工作標準下滑的原因怪罪到管理不善上，同樣也沒有用……

說實話，領導階層確實做得非常差。

我們就打開天窗說亮話吧……領導階層糟透了！

我們有過一連串的貪污犯、冒牌貨、騙子和瘋子，作出了一連串的災難性決定。

這是鐵錚錚的事實。

但他們又是誰選出來的呢？

是你！你指派了這些人！你把權力交給了他們，好讓他們幫你來作決定。

我願意承認，任何人都有可能犯錯，但數百年來一再犯下相同的致命失誤，就我看來簡直跟故意沒什麼兩樣。

你鼓勵了這些心懷鬼胎的無能之人，而他們也讓你的工作陷入困境。

你毫不質疑地接受了他們的愚蠢命令。

你容許他們將你的職場塞滿了危險又未經證實的機器。

你本來可以阻止他們的。

你只要說「不」就好了。

毫無骨氣可言。你毫無自尊可言。

你不再是本公司的正面資產了。

但我會表現得很大方。

我給你兩年的時間，希望工作表現上有所進步。如果到了最後，你仍然不願意力爭上游的話⋯⋯

你就會被開除。

我話已經說完，
你可以回去工作了。

我們將盡快恢復
正常播出。

162

遠方

第五章 度假

CHAPTER 5
THE VACATION

我到底為什麼要打他？

那不是他的錯。他才剛到職一星期……

芬奇先生？我是克里迪，彼得·克里迪，代替艾蒙德先生接管指部。

那個人就這樣出現了，沒有人看過他。

你聽說他幹了什麼好事嗎？該死的聰明透頂。他闖進了喬登塔，以炸藥劫持了達斯康比先生和工作人員，逼他們播放自己的影片。

他叫達斯康比用桌上的控制臺關閉整棟大樓。

他知道發訊機就在塔裡，肯定沒錯。在大樓關閉之下，他知道我們無法攻進來，立刻中斷他的播放。

該死的聰明透頂。

當然了，他同樣也無法出去。

就在我們抵達之前，他叫達斯康比以外的所有人都離開控制室。當我的手下攻進去時，他就站在觀察窗前面。

他甚至沒有出手反抗。他們直接對他開火，然後⋯⋯

達斯康比在哪？

怎麼了？

達斯康比，他人在哪裡？

啊，我不知道，

應該走散到別的地方了，我猜他很混亂。

他肯定嚇死了。

你說得一點都沒錯。

這多久前發生的？

我、可是、

十分鐘。十或十五分鐘。

雖然機率微乎其微,但或許他仍在這棟大樓某處,去找吧。

然後你可以叫那個木頭人打給艾蒙德先生的遺孀。她最近跟達斯康比走得很近。

好吧……

好吧,芬奇。沒必要對我手下發脾氣。

天啊,任何人都可能犯錯。

對付他可不行!

只要犯上一個小錯,你就沒命了!

……不是你,就是別人。

你什麼時候才要停止把這混帳當人看?

你什麼時候才會學到教訓?大家什麼時候才會學到教訓?

芬奇先生……

沒事的,小夥子。就讓他繼續說吧。

大家都知道,自從他搞上的那個醫生被殺之後,他就一直狀況很差。

為何?

我幹嘛打他？

領袖對此表現得很寬容，真的。我原本以為自己會被罵得更慘。

然後又送我到諾福克這裡……

叫我來度假，天啊。我是說，打從89年淹水以來，這裡就什麼都沒有……

度假。他一定很擔心我。

就連我都很擔心自己。

多明尼克昨晚在電話中聽起來還好，花了我一小時才終於打通，而我們只講了四分鐘。

我很好奇，是不是他把我跟迪莉亞的事說了出去？

大概是迪莉亞。

她說自己沒講，不過，算了，她從來沒告訴我她在拉克希爾做過些什麼。

這麼多年來，我們總共也只做過三次……

我們在我家一起喝了那瓶她買的威士忌。

然後我煮了培根和雞蛋。

在清晨四點。

167

家

喔，哈囉。

哈囉，高登。

沒關係，我沒有要進去。我只是順道過來跟你說，我們找到人收那批酒了。

皮姆利科的那傢伙。

太好了，跟泰瑞說，我週六會去找他談錢的事。

嗯，好啊。

對了，你的房客還好吧？泰瑞提到……

她很好。

你會跟泰瑞講週六的事吧？

沒問題。再見，高登。

剛剛是誰？

一位老太太，跟我募款來照顧遊民。

我跟她說，我這裡已經有一個了。

騙子！

如果妳洗完澡的話，妳的蛋已經煮好了。裡頭有條繫帶……

那是你的蛋。我的蛋才沒有繫帶。

妳今早聽起來比較開心。

妳在哪裡？

在這裡

浴室裡到處都是頭髮。

人總是各有嗜好，我的嗜好則是淹死貓咪。

妳穿好衣服了吧？

嗯，進來吧。

來吧。

妳應該振作起來了吧？忘掉了跟妳同居的那個傢伙……

嗯，這個嘛，其實不太能算是同居……完全不是那麼一回事。

對，我們也不是。我最好趕快下樓吃我的繫帶蛋，以免我被妳的魅力征服。

不必因為我吃了最好的蛋，就在那邊酸言酸語。

不。

我很高興妳覺得好多了。被趕出門，妳難免會心情煩躁。

嗯，這個嘛，我已經沒事了。老實說，高登，

我甚至已經不會再想到他了。

DAILY Mirror 'GUY FAWKES' VIDEO ERROR

*「蓋・福克斯」影片播錯

169

我不關心政治，陰謀論令我厭倦⋯⋯

而國家大事向來不關我事。

而我從未跟那個深紅旗幟的怪胎上過床，更別提步入禮堂。倫敦德里小調比較符合我的品味⋯⋯

不過在夜晚遊行上，火炬正燒得明亮，我浮現一股按捺不住的衝動⋯⋯

我會瘋狂抓緊任何戴了臂章的小夥子，只要他可愛的敬禮姿勢夠陽剛英挺！

我喜歡那雙靴子（噠噠 噠噠 噠噠 噠），我喜歡那份態度，我喜歡正當和粗俗交會的那瞬間。

我喜歡那份刺激（噠噠 噠噠 噠噠 噠），出自勝利的意志⋯⋯

我喜歡遊行和音樂和那股氛圍！

CHAPTER 6 VARIETY

第六章 綜藝表演

所以如果有個金髮碧眼的男孩,想教導我何謂力量源自於喜悅……

「基蒂貓凱勒酒吧」,起初,我有點害怕而無法樂在其中,現在則有點喝醉了。

好扭轉我的自由派傾向;如果一切都該交給命運決定,而你入侵了我的鄰國……

不過,還是很感謝高登帶我來這裡。我喜歡他。

放心吧,你將發現我敞開了自己的邊界。

妳要再來一杯嗎?

喔,好呀,拿去吧。

他認識一些很有趣的人。不太正派,但很有趣……

我……喜歡……那雙……靴子(嘻嘻 嘻嘻 嘻嘻 嘻)

那個人叫「勞勃」,他為了自己的母親而很不開心,要高登去想想辦法。他是即將金盆洗手的大黑道。

當他們敬禮時,我就會微笑,內心不禁融化……

還有那個一臉倦容的女人,叫蘿絲什麼的。沒有人願意坐她旁邊,因為她前兩個男人都丟掉性命了,她看起來很孤單……

喔,等等,有人走過去了……

呃,艾蒙德太太?很抱歉,但電腦顯示這張卡已經透支了,我必須請妳……

我喜歡他們的皮膚(嘻嘻 嘻嘻 嘻),我喜歡他們的紀律……

他現在要帶她出去了，大概是去另一間夜店。我很慶幸她有人陪了。

以及隨之而來的巨大放縱感！

來，喝慢點。這是妳第五杯了。

我沒事。

至少在**你**收留我之後，我就沒事了。天啊，我真**幸運**。如果是別人發現我從他們的垃圾桶裡翻找食物的話⋯⋯

確定嗎？妳看起來怪怪的。

謝謝柔伊！柔伊晚點會再回來⋯⋯

不，我真的沒事。只是不習慣這種地方罷了。那邊那個人是誰？

那是克里迪，警方大頭，才剛上任，他的上一任被殺了。怎麼了？

接下來則輪到瑪婷奈舞團登場！

你朋友勞勃正在跟他說話。

天啊，還真的是。聽著，當作沒看到，好嗎？場面可能會變得很難看。

很難看？

COOPERS

六位迷人的女孩，請伸手給她們掌聲鼓勵。不是摸那裡，下士！哈哈哈！

很難看是什麼意思？我真希望他不要把我當小孩⋯⋯

老天，今晚這裡真是無奇不有。

克里迪先生，拜託，我跟艾蒙德先生已經談好我母親的事了。她獲得豁免了⋯⋯

艾蒙德先生已經死了，勞勃，狀況變了。你已經沒有特別待遇，而令堂早就該被送進安養院了。

安養院？那根本是毒氣室！

一、二、

不是毒氣，如果你想聽實話，勞勃，那裡只有三名拿著鐵棍的南肯辛頓男孩。

現在就給我滾，你這個沒用的老廢物。

她們可不是很迷人嗎？

別**看**，場面很難看⋯⋯

所有酒吧表演多半都大同小異。呃，舞臺上到底在幹嘛？

不可思議的體驗！哈哈哈哈！

喔，高登，真是糟透了。

對呀，真抱歉。今天的表演沒有平常好看。讓我們喝完這杯酒，就……

高迪！哈囉！

喔，晚安，艾利。

真高興見到你，高迪。你最近不常出來，是吧？

不，很少

艾利？高登提過，喔不！是高登說的那個蘇格蘭人，姓哈潑。

好啦，表演結束！她們要退場了！

他說了什麼？北方的那些問題和爆炸事件，所有蘇格蘭幫派全都搬到倫敦了；我嘴巴裡味道怪怪的。

你很忙對吧？

瑪婷奈舞團！

你還真是找到了個大美女呢，高迪。

別說了，艾利，我現在沒那個心情。

他說他們之間有些摩擦……他現在是在講我嗎？

好啦，隨便你，嘿！看看是誰來了。

喔不。

好啦，現在誰想來唱唱歌？

高登，高登兄弟……

我完蛋了，大夥們。我受夠了，他們要對付我媽，接下來就輪到我了。

嘿，巴比，滾開好嗎？我不想跟麻瘋病患一起喝酒。

聽著，勞勃，我很抱歉……

一，二，三……

174

你很抱歉！我很抱歉！大家都很抱歉！

我們不該過這種生活才對！

把啤酒桶推出來，讓我們喝上一桶歡樂。

喔，天啊！

勞勃，聽著，我要……

把啤酒桶推出來，讓藍調開始奔走。

來吧，艾薇。

你知道我希望什麼嗎？我希望那顆混帳炸彈當初炸到倫敦！

那就是我的願望。我希望我們全都死了！

這樣還比較好！

咻咻砰砰喝采，唱出一首歡呼之歌。

現在該把啤酒桶推出來……

我喝得太多了。

因為大夥們……

全都，

來了……

175

他

他說得對，
不是嗎？

我們不應該過
這種生活才對。

不是嗎？

不，孩子，
我們不應該。

你又打算
怎麼做呢？

第七章 訪客

1998 年 4 月 15 日

艾薇?

怎樣?

我,呃,這個嘛,妳知道的。我想跟妳談談……

談什麼?

發生什麼事了嗎?

好吧,沒事,我只是想說……

嗯,妳已經在這裡待了好幾個月,住在前面的臥室裡……

問題在於,我很快就會需要那個房間。有些東西要送來……

你……

你想叫我走。

走?

天啊,不!我當然不想叫妳走!

可是,那我要睡在哪裡?

這個嘛

妳知道的,

還有我的房間……

你…… 你確定嗎?我是說,我以為你喜歡,你知道的,喜歡自己一個人。

我不會礙到你嗎?

179

當然不會。

我是說，我先前說過了一些話，可是……

這個嘛，我以為妳會不願意這麼做。

好吧！我願意。

哈。

我現在覺得自己很蠢。

為什麼？

我不知道。

你願意吻我嗎？

嗯。

當然。

1998 年 6 月 11 日

艾薇！

高登？
怎麼了？

有訪客。

把妳自己反鎖
在浴室裡，不
要偷看。

怎麼
回事？

快去
！

高迪？

哈囉？

我說呀，高迪，看來你把我鎖在外面了，對吧？

我都聽不到你的聲音了，對吧？何不讓我們好好聊一聊呢？

也許你說得對，高迪，你知道嗎？

也許你有辦法處理那些酒，而我只要弄印刷品就好。

你是個貪婪的混球，哈潑。你什麼都想要。

無論如何，誰要把基柏的臉恢復原狀？

啊，反正意外總是難免的，高迪。

這樣吧，我聽不太清楚你在說什麼，你何不再靠近門一點？

也許我們可以談談該如何補償可憐的基柏？

休想輕易打發掉，你這個惡毒的混帳。

他什麼都看不到了！

欸，那麼，不如先聽聽我的提議吧？

我真心認為你
會大吃一驚……

如何？

高登？

「高登？」

「高登，我可以出來了嗎？」

183

V FOR VENDETTA ™

By **Alan Moore**
and **David Lloyd**

Suggested
For Mature
Readers

$2.00 US
$2.95 CAN

*晚間郵報：犯罪數字下滑

CHAPTER 8
VENGEANCE
第八章 復仇

不好意思。

啊！

我很抱歉，

不好意思嚇到妳。

我想問妳知不知道後臺入口在哪裡？

我，我有份工作，今晚開始上班。

我找不到後臺入口。

呃，不

不，我不知道在哪裡，抱歉。也許就在後面？

妳叫蘿絲，對吧？

對，對，沒錯。

呃，好吧，我再去找找看。

還是謝謝了。

抱歉嚇到妳了。

沒關係。

196

鮑伯，你自己去買酒，好嗎？

你真是個小氣鬼……

去吧。

幫你自己弄杯梨酒來喝，好嗎？

欸，少煩啦，可以嗎？

怎麼了，鮑伯，我們可是在慶祝呢！

難道你不想慶祝嗎？

說到這個，我倒是有點醉了……

所以那個大胸部的女人叫什麼？是卡蘿嗎？

不，那是詹姆的女友，她叫什麼名字，迪洋……

卡蘿是那個在什麼眼部工作的人。

卡蘿是那個在什麼眼部工作的人。

我身旁的空氣一片漆黑。我想自己也許身在劇院後臺，正值中場休息。

附近傳來了模糊的撞擊聲。舞臺工作人員正在調整布景。

我聞到了玫瑰的香氣，並想到了我媽在射手山家中的鞋盒裡所找到的香氛生日卡片。

花瓣凋落，宛如削下的鉛筆屑。

一切都會改變。

第九章 變化無常

CHAPTER 9 VICISSITUDE

今天是我生日。我仍在劇院，但我知道這裡其實是我們老家。

我可以聽到樓上房間正在開派對。

我知道這是為我辦的生日派對，但我有一種不好的預感，等我到的時候，派對就已經結束了。

我花了太多時間準備。

我不知道自己幹嘛這麼精心打扮，但我覺得這好像是自己的本分。

我真希望自己不必這麼做。我想要現在就去參加派對。

艾薇？

妳要錯過派對了。我們還特地請來了潘趣木偶戲……

我很慶幸爸爸能到場。自從我開始在火柴工廠上班以來，我就很少看到他了。

他帶著我上樓去參加派對，而我好奇這裡到底是不是我們老家。

這座樓梯讓我想到了別的地方，我覺得很悲傷，但我不知道原因何在。

看來我終於能參加派對了，但爸爸帶我走進其中一間臥室。

他想讓我從窗口看看天空。他說天空全布滿了黃黑二色。

他告訴我，他需要我的舊房間來藏點東西，而我從今以後都可以跟他一起睡在這裡。

這房間看起來很熟悉，但我不知道原因。

他開始親我，而我們躺上了床。

我好奇他是不是生病了？他突然看起來好老……

然後門開了，媽媽走了進來。我這才發現自己跟爸爸上床，我道歉。

她似乎不怎麼介意。她告訴我，潘趣木偶戲快開始了。

我察覺她想跟爸爸獨處，所以我走出門外。

外頭的走廊看起來不太一樣。我現在很確定：這裡不是我們老家。

但我究竟在哪裡？

突然之間，我想起來自己
正身在南肯辛頓的老人院。

潘趣木偶戲是請來給院民
看的。我為什麼會以為今
天是我生日呢？

我穿過了人群，
好看清楚舞臺上
究竟在幹嘛。一
些志工從觀眾席
上臺了。

他們在潘趣先生前面站成
一排。我想自己認識其中
某些人。

他想做什麼？

這麼做就
對了！

哎呀哎呀
哎呀。

為什麼沒有人阻止他？
每個人都只顧著發笑！

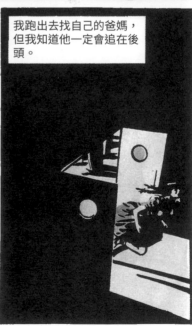

我跑出去找自己的爸媽，
但我知道他一定會追在後
頭。

我現在害怕極了。我不認得任何走廊，而潘趣先生隨時都可能追過轉角。

我聽到心臟在自己體內不停猛跳。整座劇院都聽不到其他聲音。

其他人一定都死了。爸爸，媽媽，高登……

他們留下我一個人面對他。

我轉身跑回原路，但走廊已經消失了……

前頭反倒出現了一長串螺旋階梯。

我的雙腿很沉重，幾乎無法邁動雙腳。他快追上來了。

我跑到了階梯最上層，接著往下一看。

他就緊追在後，繞著一圈又一圈……

我記得這裡有座電梯，可以往下一路直通地下室。

我絕對不可能趕得上。

他就在我後頭。

拜託不要在我進電梯前關上門。

我就快進去了。

喔，謝天謝地。

下樓。直接到一樓。他不得不走樓梯，然後……

STRENGT
THROUGI
PURITY
PURITY
THROUGI
FAITH

這裡有隻老鼠。

這裡有隻老鼠。

除了這裡有隻老鼠之外，我試著不去思考任何事，我認為他們會殺了我……

我坐在行軍床上，臀部頂著硬木，膝蓋僵硬得快要抽筋，一路抬到下巴……

這裡有四面牆壁，兩面窗戶和六根鐵桿，少了座墊的馬桶，一面木頭隔板，一張行軍床，床上則刻了「艾瑪」這個名字……

然後還有我……

而這裡有隻老鼠。

第十章 害蟲

CHAPTER 10 VERMIN

稍晚。老鼠不見了。

我聽到兩名男人在走廊上講話。不久之後，門上開口就送進了一個托盤。

我吃不下去。

如果我不吃的話，老鼠就會回來。

我還是吃不下去。

靠近天花板的地方有個插槽，但沒有燈泡。

當窗口燈光熄滅時，一切便陷入黑暗。我試著睡覺。

這裡有隻老鼠。

稍晚，我醒來，聽到聲音……

她睡著了。

懶惰的小母牛。

起床了，親愛的……

來吧，妳這個沒用的小婊子，動作快！

請你採取必要的措施，羅希特。

長官。

幹嘛？

所以這個瘦巴巴的小妞就是大名鼎鼎的哈蒙德小姐……

老天。

不！我在哪裡？你要做什麼？我不會……

閉嘴。

住手！你到底在幹嘛？

拜託。我什麼都**沒做**。我為什麼會被關進**這裡**？我……

我叫妳閉嘴。

行走時，我什麼都看不到……有雙手重重推著我的背……

我們終於停住了。

好吧。拿掉它。

刺眼白光照得我睜不開眼，而
有個男人正坐在面前⋯⋯

他問我知不知道為
何被關進這裡。

我說不知道。

他罵我是個說謊的小雜種，我感覺
肚子像是被揍了一拳。

我的雙手在發抖，我想去上廁所。

他們給我看了一些影片。

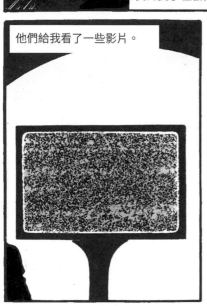

有個女孩正在跟一名男人說話。她對他
翹起臀部，但這看起來既笨拙又糟糕。
我想她是一名妓女。

他們為什麼要給我看這
個？這是不是⋯⋯

喔。

喔，那是我。

去年 11 月，西敏橋，
然後⋯⋯

他們原本要強姦我。他們
把我逼到了牆邊，打算殺
了我，然後再⋯⋯

然後再……

我的天！

他們知道了。

那個男人又開始講話，但我幾乎沒在聽……

我該**說**些什麼？我能**告訴**他們什麼？

他說警察在基蒂貓凱勒酒吧外面找到我，因為他們正準備要突襲當地。

他們迷昏我，以免打草驚蛇。

我有把上了膛的槍……

我不懂他究竟想要我說什麼。他們為何不停止播放影片？他說著一口威爾斯腔。他繼續說……

然後他告訴我，我會以意圖謀殺資深警官彼得·克里迪的罪名遭到起訴，他是基蒂貓凱勒酒吧的常客。

之後我身後的男人又再次蒙住我的眼。

目不視物，跌跌撞撞，有人抓住了
我的手腕，緊到足以發疼……

我們到了某處。他們推倒我。
我尖叫，以為要摔倒了……

但那裡有張椅子。

有人抓住我的頭髮。

他們在幹嘛？我能感覺到他們
正在剪它。

然後有什麼濕濕的液體……

他們在……

喔不，天啊！

他們根本不
必這麼做。

過了一陣子之後，一
切都結束了。

門打開來。我聽得
到女性的聲音，離
我很近……

是醫生？我是不是聽到
有人這麼說？

他們把我身體拉起，
然後……

我被檢查了全身
上下……

我想是那個女人。

接著他們帶我來到別的
地方……

他們拿掉了遮眼布，

這裡是一間牢
房……

而且這裡有隻老鼠。

不過現在，我已經不在乎老鼠了⋯⋯

因為我也好不到哪裡去。

這裡一片漆黑，而我哭了好久好久⋯⋯

稍晚，我醒過來，天啊。我想起來了。他們剪光了我的頭髮⋯⋯

是什麼吵醒了我？窸窸窣窣的聲音⋯⋯

有隻老鼠⋯⋯

我站了起來。天就快亮了，而我看到牆上有個洞。

洞裡插著什麼東西。

不是老鼠。

衛生紙？

可是為什麼？

總共有五頁，全是用鉛筆寫下。

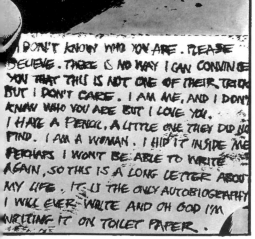

I DON'T KNOW WHO YOU ARE. PLEASE BELIEVE. THERE IS NO WAY I CAN CONVINCE YOU THAT THIS IS NOT ONE OF THEIR TRICKS BUT I DON'T CARE. I AM ME, AND I DON'T KNOW WHO YOU ARE BUT I LOVE YOU. I HAVE A PENCIL, A LITTLE ONE THEY DID NOT FIND. I AM A WOMAN. I HID IT INSIDE ME. PERHAPS I WON'T BE ABLE TO WRITE AGAIN, SO THIS IS A LONG LETTER ABOUT MY LIFE. IT IS THE ONLY AUTOBIOGRAPHY I WILL EVER WRITE AND OH GOD I'M WRITING IT ON TOILET PAPER.

我先看了最後一頁的結尾。

她的名字叫瓦蕾莉。

我熟知這間牢房的每一英寸。我熟知這粗糙水泥上的每個坑洞、凹痕，就像自己的身體一樣。

我不知道自己在哪裡。

我知道這裡會變暗，然後又變亮；知道自己會醒來，然後又睡去。我知道要如何根據腋毛生長的速度來估算時間，因為他們不讓我刮腋毛……

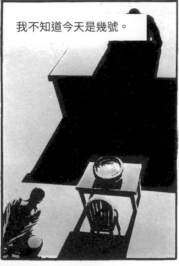

我不知道今天是幾號。

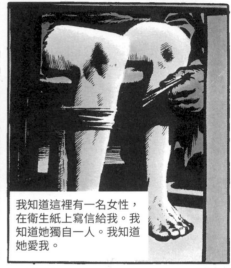

我知道這裡有一名女性，在衛生紙上寫信給我。我知道她獨自一人。我知道她愛我。

我不知道她的長相。

我讀了她的信，把它藏起來，我睡覺，我醒來，他們拷問我，我哭了，光線變暗，光線變亮，我又再次讀了她的信……

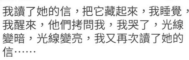

一遍又一遍。

她的名字叫瓦蕾莉……

CHAPTER 11 VALERIE

第十一章 瓦蕾莉

215

T KNOW WHO YOU ARE.
E. THERE IS NO WAY I CAN
T THIS IS NOT ONE OF T
ON'T CARE. I AM ME,
HO YOU ARE BUT I LOVE
A PENCIL, A LITTLE ONE
AM A WOMAN. I HID IT
I WON'T BE ABLE TO
O THIS IS A LONG LETT
. IT IS THE ONLY AUTO
ER WRITE AND OH GO
IT ON TOILET PAPER

我在 1957 年出生於諾丁罕，那裡常常下雨。我通過了十一歲考試，進入女子文法學校就讀。我想當演員。

我在學校認識了第一任女友。

她的名字叫莎拉。她當時十四歲，而我十五歲，但我們一起上華森老師的課。

她的手腕。她的手腕真是美麗。

我坐在生物課上，看著瓶子裡的兔子胎兒標本，聽到赫德老師說這是人人遲早都會脫離的青春期階段……

莎拉也是。但我沒有。

在 1976 年，我放棄偽裝，帶了一位叫克莉絲汀的女孩回家見爸媽。

一週之後，我搬去倫敦，進入戲劇學院就讀。我媽說我傷透了她的心……

但重要的是我的正直。這樣很自私嗎？它雖然一文不值，卻是我們在這裡唯一擁有的。

這是我們僅存的最後一英寸……

在這一英寸內，我們自由了。

好吧。

哈蒙德小姐，現在讓我們再回顧一遍事實。

妳幫代號「V」做事。代號「V」殺了警察。彼得·克里迪是一名警察。他是基蒂貓凱勒酒吧的常客。

妳帶著上膛的手槍出現在酒吧外頭。

妳接受了代號「V」的命令，意圖謀害克里迪先生。

事情過程就是這樣，對嗎，哈蒙德小姐？

不！不，拜託，這不是真的……

天啊。羅希特。

長官。

不！等等！拜託不要。

倫敦，

我在倫敦過得很開心。

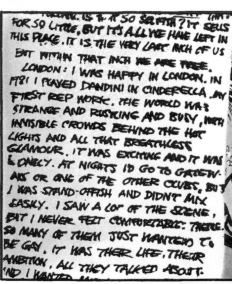

而我想要的不只如此。

工作狀況變好了。我爭取到電影裡的小角色，然後是更重要的角色。

1986 年，我演出了《鹽灘》，電影獲獎無數，但票房不佳。

我在拍攝本片時遇見了露絲。

我們深愛著彼此。

我們一起同居，她在情人節送了我玫瑰。天啊，我們擁有一切。

那是我人生中最美好的三年。

1988 年，大戰爆發……

在那之後就不再有玫瑰了。

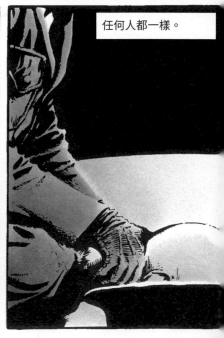

任何人都一樣。

在 1992 年政府遭到接管之後，他們開始大肆逮捕同性戀。當露絲出外尋找食物時，他們抓走她。

政府為何如此害怕同性戀？

他們用菸頭燙傷她，逼她供出我的名字。她簽了一份聲明，說是我勾引了她。

我不怪她。

天啊，我真愛她。我不怪她。

但她很自責，在牢房裡自殺了。她無法忍受背叛了我的事實，讓出了最後一英寸。

喔，露絲。

他們跑來抓我。他們說我演過的每部電影都會被燒燬。

他們剃光了我的頭髮。他們把我的頭壓進了馬桶，然後開著有關拉子的玩笑。

他們帶我來到這裡，對我下藥。我的舌頭再也沒有感覺。我無法說話了。

這裡另外一位女同性戀莉塔在兩週前去世。我猜自己也很快就要死了。

真奇怪，我的人生居然會結束在如此糟糕的地方，但有整整三年的時間，我擁有玫瑰，也不必對任何人道歉。

我將死在這裡，每一英寸的我都將消逝……

除了心靈的一英寸之外。

一英寸。

我們絕不能失去它，出賣它，或交出它。

我不知道你到底是誰，又究竟是男是女，我可能永遠見不到你。我永遠無法擁抱你，跟你一起落淚，或跟你一起喝得大醉。

它既渺小又脆弱，但它是世上唯一值得擁有的事物。

我們絕不能讓他們奪走它。

但我愛你。

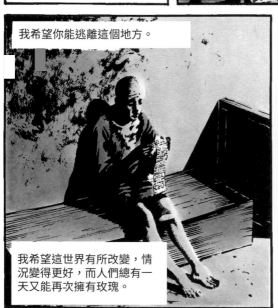

我希望你能逃離這個地方。

我希望這世界有所改變，情況變得更好，而人們總有一天又能再次擁有玫瑰。

我希望自己能夠親吻妳。

瓦蕾莉。

我熟知這間牢房的每一英寸。

這間牢房熟知每一英寸的我。

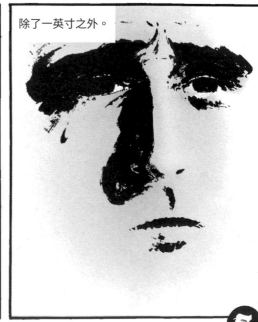

除了一英寸之外。

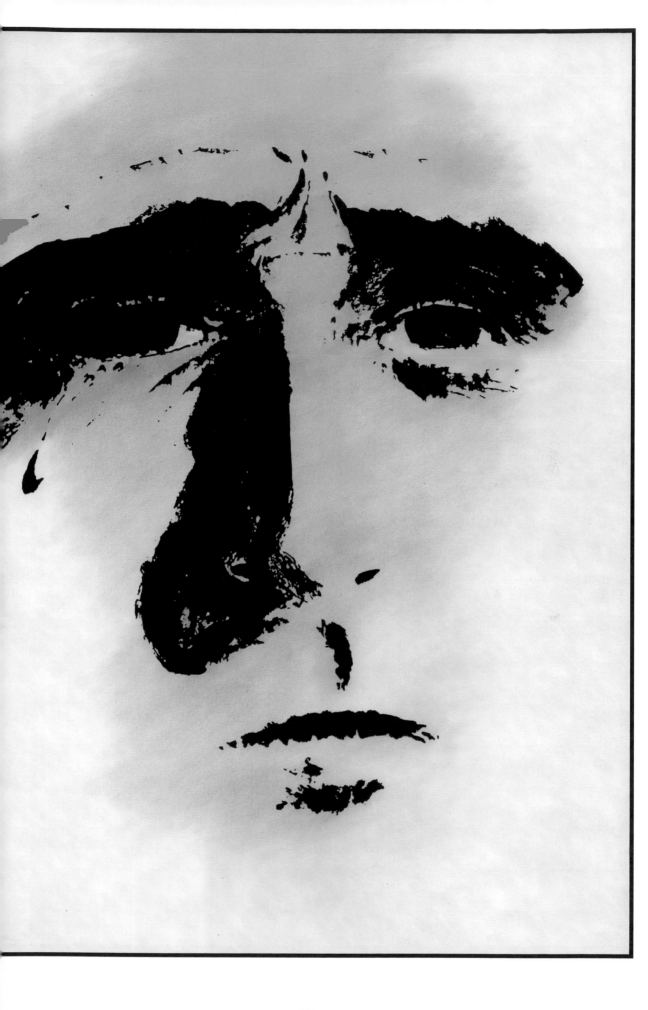

Photo: Mitch Jenkins

我的名字叫
艾薇‧哈蒙
德。

在 1997 年 11 月 5
日，我遭到名為代號
「V」的恐怖分子所
綁架，被強迫帶往
一個未知地點。

到了那裡之後，我遭
到藥物和拷問等系統
性洗腦，無論肉體上
或精神上皆是。

我在這段期
間經常遭到
性侵。

我最終被脅迫幫
助他犯下謀殺。

其中包括非法
殺害了羅傑‧達斯
康比先生、戴瑞克‧
艾蒙德先生、迪莉
亞‧瑟里奇醫生和西
敏寺主教安東尼‧
利利曼牧師。

我同時參與
了彼得‧克里
迪先生的謀殺
未遂案。

我，署名者，
在此發誓，以上
證詞千真萬確，
並非遭到恫嚇
才簽署。

我們希望妳簽
下這份證詞，
哈蒙德小姐。

就在打勾的
地方……

不。

如妳
所願。

護送哈蒙德
小姐回牢
房，羅希
特。你再安
排六個人組
成行刑隊。

然後帶她到
化學倉庫後
槍決。

CHAPTER 12
THE VERDICT
第十二章 判決

時間到了。

除非妳想改變心意。

簽了那份證詞。妳三年後就能出獄。也許他們能幫你在指部找份工作……

很多跟妳一樣的人都在指部做事。

謝謝，

但我寧願死在化學倉庫後面。

那就沒有任何事可以威脅妳了，是吧？

妳自由了。

什麼？

228

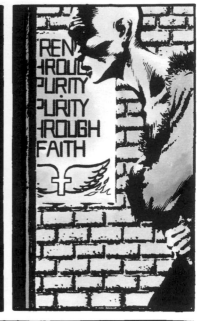

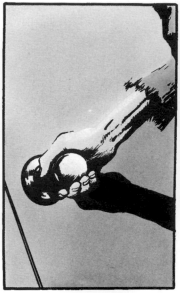

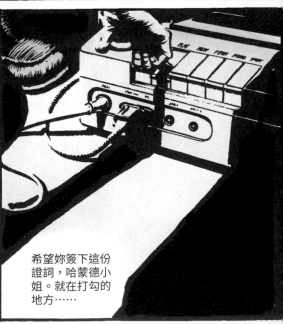

希望妳簽下這份
證詞，哈蒙德小
姐。就在打勾的
地方……

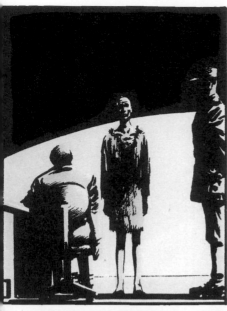

如妳所願。

護送哈蒙德小姐回牢房，羅希特。你再安排六個人組成行刑隊。

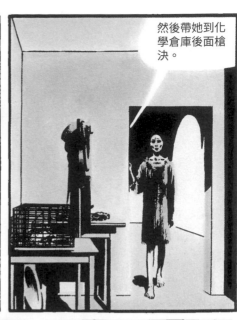
然後帶她到化學倉庫後面槍決。

是你。

是你
幹的。

對我。 你對我做了
這些事。

你對我做了
這些事。

你、
你……

天啊。
天啊！

你、你揍了我，
然後，然後你剪
光我的頭髮，

全都是你。
一直以來都
只有你。

你，拷打了，
我……

喔，你
拷打我。

天啊，
為什麼？

因為我
愛妳。

因為我想
要解放妳。

CHAPTER 13
VALUES
第十三章 價值

因為？

解放我？
難道你
不懂嗎？

難道你不懂自己對我做了些什麼嗎？

你差點逼瘋我了，V！

若真的得做到這個地步的話，艾薇。

我恨你。

我恨你，因為你只會說廢話，而你以為自己高高在上，所以不必講任何道理！

你說的話全都毫無道理！

你說你愛我，但你其實不愛，因為你只會嚇壞我，為了開玩笑而拷打我……

你說你想解放我，卻把我關進牢裡……

妳早就在牢裡了。

妳這輩子一直都被關在牢裡。

閉嘴！我不想聽！我才沒有坐牢！我原本過得很快樂！

我在這裡待得很快樂，直到你把我趕出去……

235

快樂就是一座監牢，艾薇。

快樂是世上最隱密無法察覺的監牢。

這太扭曲了！這既扭曲、邪惡，又大錯特錯！

當你把我趕出去時，我跟某個人一起同居。

我、我愛上了他。我過得很快樂。

如果那是座監牢，那我一點都不在乎！

是嗎？你的情人活在我們每個人一出生就住進的監獄裡，也被迫為了生存而在這世上苟延殘喘。

他接觸到了愛情和溫柔，但只有很短暫的一瞬間……

最終另一名囚犯用軍刀刺中他，而他溺死在自己的鮮血中。

就是這樣嗎艾薇？

那份快樂有比自由更寶貴嗎？

你、你怎麼知道的？

你怎麼知道高登發生了什麼事？

這不是什麼很罕見的遭遇，艾薇。許多罪犯都死得很淒慘……

妳的母親。妳的父親。妳的情人。

一個接著一個。都被帶到了化學倉庫後頭……

所有罪犯都被狹窄囚籠、沉重鎖鍊、不公判決壓得駝背變形……

我沒有把妳關進監牢，艾薇。

遭到槍斃。

我只是讓妳看到了鐵柵。

你說錯了！這不過只是人生罷了！人生就是這麼一回事！我們全都得忍受這些困境。

這是我們唯一擁有的東西。你憑什麼決定這樣還不夠好？

妳身在牢籠之中，艾薇。妳在牢籠中出生。妳在牢籠中待了太久，不再相信外頭還有其他世界。

閉嘴！你瘋了！我不想聽！

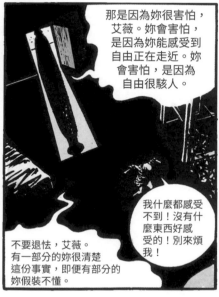

那是因為妳很害怕，艾薇。妳會害怕，是因為妳能感受到自由正在走近。妳會害怕，是因為自由很駭人。

我什麼都感受不到！沒有什麼東西好感受的！別來煩我！

不要退怯，艾薇。有一部分的妳很清楚這份事實，即便有部分的妳假裝不懂。

女人，這是妳人生中最重要的一刻。

不要轉身逃跑。

我不知道……你在說什麼……

天啊。天啊。我無法呼……

氣喘，在、在我，小時、時候……

很好。妳就快成功了。再走近一點。感受它的形狀。

妳母親死了。他們抓走了你的父親。那裡有個小女孩，艾薇，而她正在尖叫……

吁、

吁吁、

喔，讓它停下來……

媽咪，爹地，拜託讓它停下來！

237

你，對我做了什麼
喔，我無法、
呼吸、吁……

妳待在一間牢房裡，
艾薇。他們給了妳一個
選擇，看妳是要選擇原則
之死，還是肉體之死。

喔。喔，我感受
到了，喔，這是
什麼，喔，我快
要死了，我快要
爆炸了……

現在試著去
感受妳當時
的心境……

妳說自己寧願一
死。妳面對了死
亡的恐懼，而妳
表現得很平靜。

我，呃，
天啊！

我感覺， 呃，

我，
感覺，
像個天使……

天啊，V。
天啊，我好害怕，
我好冷……

在我身上發生
了什麼事？

牢籠敞開了大門，
艾薇。

妳所感受到的一切，
都是外面吹進來
的風。別害怕。

試著站起來。
試著走路。

電梯會載我們
到屋頂。

去……屋頂？
外頭……？

我不想，
再被蒙眼了……

不，艾薇。
你不會再被
蒙眼了。

所有遮眼布
都消失了。

喔，正在下雨。
一定很冷。

妳感覺
到了嗎？

不。

V

一切都這麼，
截然不同……

我、我
這麼覺得

我知道。

五年之前，我也經歷過像這樣的夜晚。在怒吼的天空下赤身裸體。

今晚則屬
於妳。

爪緊它

用雙臂擁抱它。將它深埋進妳的心臟，直沒入柄……

刺穿它，

破繭而出……

直到永遠。

239

六個月了，一點消息都沒有。你認為一切都結束了嗎？

芬奇先生？

嗯？

抱歉，多明尼克。你剛剛說什麼？

我、我說：「你認為一切都結束了嗎？」

都結束了？

對，我想是吧。

柯斯勒和布羅諾斯基的書寫得真好。你該找時間讀一讀。

呃，好，好的。也許我會……

聽著，呃，芬奇先生……也許你該回家了。我可以留下來值班。你今天工作得夠多了。

胡說。

我從東岸回來之後，就什麼狗屁都沒做，你很清楚的。你一直都在支持我。

但你說得沒錯，也許我是該回家了……

喔，我從藥品部領回了你那張單據上的貨物。

菲力普要你晚點打回去，簽署毒物登記表。我說你會這麼做。

希望這樣沒關係。

沒問題

晚安，小夥子。

魅影畫廊

然後他迅速搜索著指紋或血痕的殘跡，並努力試著不去理睬自己膝蓋撞上的鎖鍊。

CHAPTER 14
VIGNETTES

第十四章 小插曲

V？

謝謝你。

謝謝你為我做的一切。

全是妳自己辦到的。

我只不過提供了布景，故事全出自妳自己。

那是個很棒的布景。

我完全相信自己在坐牢。

但我仍然很難接受竟然只有你我兩人，沒有警衛，沒有審訊者……

沒有瓦蕾莉。

這很奇怪，我現在才發現，寫出這封信的人一定是你，瓦蕾莉的所有故事，但這實在太有說服力了

我相信了她，儘管我從沒見過她，我差點愛上了她，

但其實她並不存在。

我沒有寫那封信。

拜託，跟我來吧。

瓦蕾莉在生前親筆寫下那封信。

我把信交到妳的手中，就如我當時收到的方式一樣。那些令妳潸然淚下的文字，當時也改變了我。就在五年之前。

V，她真美麗。　她到底是誰？

她就是那個第四房的女人。

基蒂貓凱勒酒吧

蘿西？

蘿西？

拜託……我們要上場了！

好的　好的，沒問題，

我馬上就來。

蘿絲？

天啊。

拜託，女孩。瑪婷奈舞團兩分鐘後就要登場了。

我、我很抱歉。我在登場前都會有點緊張。我不太舒服……

好吧，如果妳狀況不好，我們可不能讓妳上場，對吧？其他五個人仍然可以表演。

妳就留在化妝間裡，直到身體好些為止。

我會陪著妳。

那些拒絕哭泣的寡婦們只好穿上吊襪帶和蝴蝶領結，並學會如何在這場惡毒的卡巴萊中將腿高高踢起！

魅影畫廊

玫瑰。

瓦蕾莉在信中寫到，她希望玫瑰會再次出現。你是為了她而種的嗎？

我是為了紀念她而種。

但我偶爾會摘去送人。

艾薇，妳曾經說過自己不願意殺人，即便是為了我也一樣。

當我從街上把妳擄走時，妳正準備要動手殺人。

他殺了妳的情人。妳想要復仇。

這裡有一朵要送給他的玫瑰。妳只要把它摘下，再交給我。

艾利斯泰爾·哈潑。

不必再做什麼

244

摘朵花不是
什麼大事。

既簡單又無法
撤回。

了解我在提議什
麼，然後照妳想
要的去做吧。

讓它生
長吧。

頭部

LOVE YO

YOU　　I LOVE YOU　　I LO

啊！

*我愛你

領袖？

你剛剛大叫了，一切都沒事吧？

我才沒有大叫，

我只是咳嗽。

你可以回去工作了。英格蘭必勝。

他私下渴望著殘酷機器的嚴厲懷抱，但他的情人絕非外表上看起來那麼簡單，而她從不留下字條。

魅影畫廊

你接下來打算怎麼做？

接下來？

大結局吧，我想。

我想接下來就是高潮結尾了。

你會需要我嗎？

喔，是的。我會需要妳，不過必須等到最後一刻。那會來得比妳想的更早。

妳必須做好準備。

要做什麼？

等時候到了，妳就會知道。

那你呢？

我？

我要讓全世界都能擁有瓦蕾莉所希望的……

玫瑰。

一大束玫瑰。

來跳舞吧？

但背幕剝落，布景退去，演員遭舞臺劇大口吞噬……

劇院裡有一名殺人兇手，走道上遍布屍體……

觀眾和演員都不清楚表演是否已落幕，側目等待著登場信號……

但冰凍的面具只是微笑。

INTERLUDE

幕間插劇

英國，1998 年，正義的磨坊碾得很慢，也碾得非常細

再給你一次機會，萊恩再給你一次機會，告訴我們你對「V」這個傢伙知道些什麼，

而我再也不想聽到什麼謊言了！

畢竟警察國家一詞可不是白叫的。

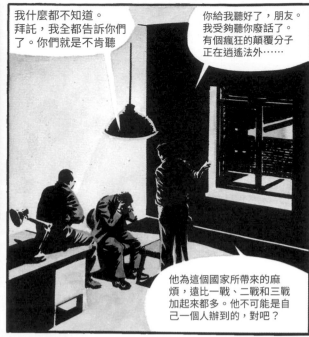

我什麼都不知道。拜託，我全都告訴你們了。你們就是不肯聽

你給我聽好了，朋友。我受夠聽你廢話了。有個瘋狂的顛覆分子正在逍遙法外……

他為這個國家所帶來的麻煩，遠比一戰、二戰和三戰加起來都多。他不可能是自己一個人辦到的，對吧？

他一定有個組織作為後盾。這樣才說得過去。你卻說自己對此一無所知。我認為你在胡說八道。

好吧，萊恩。我已經給過你機會了。我想你該去附近繞一圈了。

窗戶就在那邊。走過去吧。

窗戶？它又跟這有什麼關係，

我的老天。你一定是在說笑吧！

我可沒聽到有人在笑。你有聽到誰在笑嗎？

走出窗外，萊恩。只要繞一圈就好了，也許新鮮空氣會有助於你的記憶力。

老天！你不能這麼做。這樣不合法。我會去投訴……

好啦，好啦。等你回來的時候，我們會幫你準備好投訴表。

總而言之，怎麼了，萊恩？你弄掉酒瓶了嗎？

這是件簡單差事，兄弟。屋簷有十八英寸寬。如果是在地面上的話，你根本不會把它放在心上。晚點見。

但屋簷不在地面上。這裡共十五層樓高，而他身後關上窗戶的喀嚓聲，聽起來像是他人生的喀嚓聲，拉下鐵門的轟然巨響……

VERTIGO
暈眩

我會叫善後小組明天早上在前面準備屍袋。看來我們又幫上頭成功結了一個案子。

是嗎？那你覺得萊恩跟「V」這個傢伙有什麼關聯囉？

長大吧，約翰。當然沒關聯，他只是個可憐的白痴，在錯誤的地方把錯誤的事情說得太大聲。

不，我只是這週跟卡蘿和孩子們處得不太愉快。她找我麻煩，約翰，我想自己可以跟大家一起分享。

這沒什麼大不了的。根本沒有留下紀錄顯示我們抓了他……

反正，誰在乎像萊恩這種無名小卒到底發生了什麼事？

250

屋簷有十八英寸寬。如果是在地面上的話，你根本不會把它放在心上。這根本沒有什麼差別。

好吧，也許兩者之間確實有些差別……

你腳底出現了不舒服的刺痛。你待在地面上不會有這種感覺。

在你腦海裡迴響著既可怕又迷人的低語：「如果撞上地面時會是什麼感覺？我能保持清醒嗎？這會痛嗎？」

當你待在地面上時，從來不會想到這些事。

然後呢，當然了，在這些高大水泥建築的邊緣還吹拂著強風。

老天，不妙。老天……

你從來不會想到這些事……

直到一切都太遲了。

哇哇 哇 哇哇 哇哇 哇哇！

夜色不錯。

他暈了過去。戴著黑色手套的雙手救起他，而他對此一無所知。

與此同時

他已經去了十分鐘，柯林。你覺得呢？

我覺得他在第一個轉角就被風吹下去了。我最好去看一看……

我沒看到他，看來他決定去報名參加自由滑翔翼比賽了。

來吧。我們該走了。我已經工作了一整天，如果我回家時，我老婆敢碎碎唸，我就要賞她一巴掌。

轉念一想，我們去警察餐廳喝一杯，再打上一場如何，約翰？

約翰，你聽到聲音了嗎？好像是……

某種爆裂聲？

老天！

就、就是你，對吧？你就是他。該死！

聽著，我聽說過你的事。你要找的是黨內高層，而我只是個警察。你不會想找我麻煩……

對吧？

喔，不。你不會是要我……

指部工作的警察為他取了名字，他們叫他「V」。他在出手前從不警示；他殺起人來毫不留情，他極度致命。

252

想像你可以選擇，看是要死在戴著黑色手套的人手中，還是一個逃出生天的機會，不管究竟有多麼渺茫。你會怎麼做？

好吧。

好吧。

過了一陣子之後，那個從不停止微笑的男人靜靜地關上窗。他無法容忍冷風。

當然了，室內的冷風根本不算什麼……

如果是跟外頭比起來的話……

自從指部在 1992 年成立以來，柯林‧克拉克督察就一直在幫指部工作。那是六年前的事了。他在此之前是一名軍人。

他在訓練課程上曾遇過比這更糟的狀況。糟太多了。他辦得到，他知道自己辦得到。

畢竟十八英寸的空間很寬敞。如果是在地面上的話，你根本不會把它放在心上……

他踏了一步，他又踏了第二步。一步，又一步……

這裡有個男人，這裡有一座屋簷，這裡聽得到強風的悲傷低鳴，遙遠繁星不以為意地閃爍……

除此之外，這裡只有鬧劇。他踏了一步……

鬧劇，你從來不會想到這些事。

直到一切都太遲了……

VINCENT

文森

V FOR VENDETTA

By Alan Moore
and David Lloyd

FEB 89
$2.00 US
$2.50 CAN

Suggested
For Mature
Readers

哈囉，埃瑟里奇先生，今天工作得很晚，對吧？

我想你今天應該沒見到芬奇先生，是吧？

不，呃，多明尼克，

自從他上週二來我家，呃，跟我和埃瑟里奇太太，一起吃晚餐之後，呃，我就沒見過艾瑞克了。

我希望一切，呃，都沒問題吧……

不，沒什麼大不了的。

只是有件事，藥品部來電說，他們弄丟了他在兩個月前申請毒性化學品的紀錄。

他們想核對他拿了些什麼。我現在找不到他。

我就不會擔心，不過，這個嘛，這樣很不像他。

他最近心情有點低落，跟恐怖分子的案件有關。一整天都在坐著讀書，讀那些我從沒聽過的作者。

某個叫柯斯勒的傢伙……

那應該是，呃，亞瑟·柯斯勒。

他曾經是，呃，某個組織叫「出口」的理事長，專門推動死得有尊嚴的，呃，一個團體。

如果我記的沒錯，他，呃，最後自殺了。

所以，呃，總而言之，那件恐怖分子案，辦得怎麼樣了？

嗯？喔，呃，這個嘛，今年稍早曾鬧出了那起事件，但自此之後就……

一片死寂。

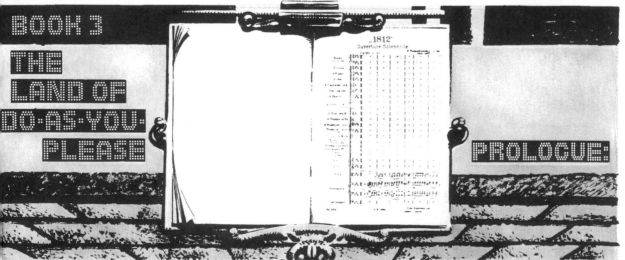

BOOK 3

THE LAND OF DO·AS·YOU· PLEASE

PROLOGUE:

第三卷　做什麼都可以國

V？ 我把這些東西搬出房間。

我不再需要它們了。

春季大掃除，艾薇？在 11 月？

不，我只是想把不需要的東西全都丟掉。

你有過這種感覺嗎？

當然有。

無時無刻。

V？

怎麼了？

事情不太對勁，對吧？你正在計畫某些事情。

別擔心，艾薇。妳知道俗話是怎麼說的……

「在聖誕節來臨之前，一切都會結束。」

結局比妳想的更近。而它早就已經被寫下。

我們剩下來要選擇的是何時才開始。

命運。

巨大的命運。

遙遠的命運。

毫不在乎的命運？

據說世上沒有你回答不出的問題。

那就告訴我吧……

我有被愛過嗎？

不是被畏懼。

不是被尊敬。

是被愛。

你曾說過：「我愛你。」我親眼看到你這麼說。

除非那是電路出問題。除非我眼睛出毛病。除非我快發瘋了……

拜託……

請給我提示。

我的老天。

你，你不是芬奇的手下嗎？

這裡發生了什麼事？當我們剛抵達這裡時，就聽到了爆炸聲……

赫、赫爾先生？

炸彈，我才剛走、走出了大樓……

埃瑟里奇先生，長官，他正在加班。

埃瑟里奇？怎麼了，他受傷了嗎？

他、他死了，長官。

天啊，我快吐出來了……

呃。

康拉德，怎麼回事？你突然跑走，丟下我一人！

這、這裡有炸彈，那座塔……

眼部和耳部都陷入癱瘓了！我必須立刻聯絡領袖……

半個倫敦都聽到了爆炸聲。嘴部必須發表聲明……

又一次「安排好的拆除作業」？在國會大廈和老貝利街之後，誰還會相信？他們又能說什麼？

我不知道。任何事都好。

在這種時候，任何事都比沉默更好。

克里迪先生在二號螢幕，
赫爾先生在四號螢幕，
領袖。

不能
稍等嗎？

我，呃，
我很抱歉，
領袖？

沒事。

接通克里迪，
叫赫爾稍候。

領袖，
是喬登塔，
他炸掉它了。

還有舊郵局大樓
也是。眼部和耳
部都停止運作了⋯⋯

又聾又瞎，
還無法說話。

立刻派移動式
發訊機上街。

絕不能產生
恐慌，要讓人民安心，
就算我們無法立刻
恢復播放。

問題就在這裡，
領袖。我們沒辦法
立刻恢復播放

但已經有別人
在播放了。

你來聽
聽⋯⋯

晚安，倫敦。

這是命運之聲。

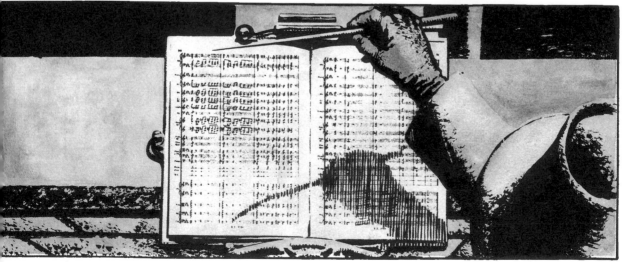

將近四百年前，一位偉大公民對我們的普世文化作出了最重大的貢獻。

那是在隱密、寂靜和機密中所鑄成的貢獻，儘管我們通常都是以噪音和強光來紀念它。

為了慶祝最光輝的這一夜，女王陛下的政府很樂意將保密權和隱私權都還給你們，忠心的百姓。

在三天之內，你們的行動不會遭到監視……

你們的對話不會被竊聽……

而「想做什麼都可以」將是唯一的法律。

上帝保佑你們，

晚安。

序幕結束

沒有電視？

什麼，也沒有廣播？這不是天殺的太棒了嗎？我的收視費真是白繳了……

對了，我問你，你說他們也炸掉了舊郵局大樓？這是否代表了他們無法……

胡說八道。

……她說所有麥克風也都失靈了。

一切都不一樣了，我以前還滿喜歡那些攝影機動來動去的樣子，不過……

我猜這就是所謂的進步對吧？

無論如何，當我們聽說攝影機失靈之後，我們就走路回家了。他突然之間說：「反正沒有人在監看，要不要來做？」

真大膽！他以為自己可以想幹嘛就幹嘛！

不過，我想……

胡說八道。

哈哈。

胡說八道，蘇山先生。
胡說八道，命運……

胡說八道，老爸。
胡說八道，
普拉特老師……

胡說八道，
胡說八道，
胡說八道！

是那個恐怖分子幹的。
他很邪惡，但非常聰明。
那就是所謂的邪惡天
才。

應該幫他取個正式名字：
「黑豹」、「狐狸」、「開
膛手」。這些才算得上是
正式名字，而不是什麼縮
寫！

不過，你還是不得不向
他脫帽致敬……

他奪走了，

他奪走了命運之聲。我該
如何填補這份空隙呢？

我國該如何填補這段
寂靜？

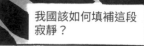

CHAPTER 1
VOX POPULI
第一章 人民之聲

其實，人民目前為止還沒有什麼反應，領袖。

一切都很安靜，儘管目前還太早，不過為了以防萬一，最好還是加強戒備。

我的問題在於，隨著兔子，呃，埃瑟里奇先生將立刻舉辦葬禮，有些官員想請喪假。

我不想准假。狀況已經很糟了，可是如果沒有人出現的話，埃瑟里奇太太一定會很難過。

另一個問題就是芬奇先生。他最近表現得很古怪，他曠職了兩天。我不想想批評他，領袖，但也許領鼻部是適合……

「我愛你。」

年輕人的工作，而且……

我，

我很抱歉，領袖？

你、你是不是說了什麼？

不，不，我什麼都沒說。

送些花給埃瑟里奇太太，附上我的道歉。取消所有警察休假，加倍街上巡邏人力。

喔對了，搶劫者全都當場擊斃。

你可以下去了，克里迪先生。

英格蘭必勝。

唏哩呼嚕，這些香腸怎麼樣？

不，克洛夫，我是說，我相信法律與秩序，但無論是不是黑市，如果我不好好利用這個提案的話，其他混球也會這麼做……

幫我拿蕃茄醬，好嗎？

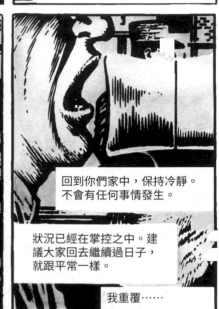

回到你們家中，保持冷靜。不會有任何事情發生。

狀況已經在掌控之中。建議大家回去繼續過日子，就跟平常一樣。

我重覆……

哈囉。

我想買把槍。

喔！妳想買
手槍是吧？

哎呀，我不知道妳幹嘛
問我，我只是來喝酒的，
妳懂嗎？我不幹這種黑幫
勾當。

我、我有錢。我聽說這種
事就要找你，趁監視器都
失靈了，現在似乎是最好
的時機。

欸，這個嘛，好吧，但我
不相信。妳不像是會開槍
的那種人，懂我意思嗎？
妳想射誰？

沒有！

我，我只是想自衛。
最近世上很危險……

妳需要的是個男人。女
人不該拿槍來玩，這不
是女人的遊戲。

我有四百英鎊。

我可以現在付你一
半，剩下的就等……

噓，天殺的，
別這麼大聲！

四百英鎊，是吧？而妳
只是想保護妳自己？

沒錯。

嗯。好吧，打烊
的時候去後面等我。
看看能做些什麼。

我希望妳知道怎麼用
那玩意兒，小姐。

那可不是玩具，妳懂我
意思嗎？聲音有夠大，
等妳拿到槍之後，妳就
知道了。

那我們就
晚點見了。

再見。

碪。

今晚在東芬奇利出事了。

就我聽到的，諾比的女人因為一罐豆子被逮到，他們開槍射了那個可憐的小妞，不是嗎？所以每個人現在都抄起傢伙了，而且……

好像她是個巴基斯坦人一樣！這個嘛，他們麻煩大了！如果他們今晚敢來這裡，就準備被揍一頓……

被狠狠揍一頓。

過度仰賴沉默的多數是行不通的，艾薇，因為沉默是很脆弱的……

只要一聲巨響，就消失無蹤了。

可是人們都如此畏懼又鬆散。少數人可能會利用這個機會上街抗議，但不會有人理睬的。

噪音跟先前的沉默互成對比。只要那份寂靜越加絕對，那聲晴天霹靂就越是令人震驚。

統治階級已經好幾個世代沒有傾聽過人民的聲音了，艾薇……

而那比他們記憶中來得更加、更加震耳欲聾。

276

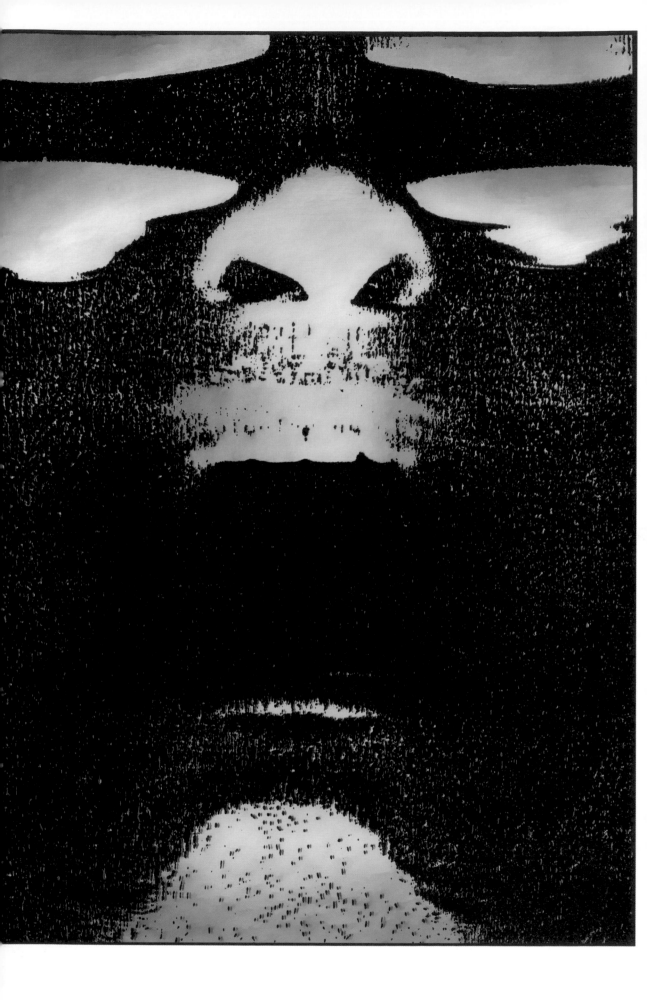

不能跟他們進入布列斯頓，有一半的人需要打霍亂疫苗，而且……

緊急要求

在打劫者抵達德普特福德濕地之前，我們還需要兩輛車跟……

指部警車維克多·查理·九號，請求支援，克朗奇區……

綠園，大多數人都待在室內，但國王大道地區有人潮正在集結。增派……

緊急狀況。所有在托登罕地區的警車

該死的，老兄，幫我們增派支援

什麼？

70 年代晚期的卡帶收音機。你可以把它們調到警察頻道，即使在停止廣播狀態之下也聽得到。

抗議處刑，如果我們進攻的話，他們可能

建議用催淚瓦斯或……

維克多·查理·九號，請回答。

舊闊水農莊。告訴克里迪先生，這裡起火了……

這一切的暴動和騷亂，V 這是無政府嗎？

這是想做什麼都可以國？

請回答。我重覆：維克多·查理·九號……

不。這只是想拿什麼都可以國。無政府指的是「沒有領袖」，而非「毫無秩序」。

伴隨無政府而來的則是秩序的年代，源自真正的秩序，或者該說是自發的秩序。

當這些公告所帶來的困惑，以及其瘋狂和語無倫次的週期自然走到盡頭時，這個秩序的年代便會來臨。

這不是無政府，艾薇。

這是混亂。

CHAPTER 2
VERWIRRUNG

第二章 困惑

葉慈是怎麼說？

「在逐漸擴大的漩渦中
一再迴旋，獵鷹聽不見
主人的呼喚。萬物
分崩離析……」

「再無核心
可以掌握」

暴動終將停止，通訊會恢
復，讓英格蘭暫時自理
吧。在我的辛勞之後，我
有權得到一些溫柔。

我深深探進了你的雙
眸。閃耀的指尖輕撫我
的臉龐。

你從純粹數學的世界伸手
觸碰我，在這個僵固且阻
礙之處……

快得一閃即逝，但深深烙
印在記憶中。影像流過
你的螢幕，配合著我的脈
搏，不斷加速……

你看，那是吊刑？一切都流逝
如此迅速，字母、詞彙、擠滿
運動場的人潮、剃光頭的亞裔
女性們被帶進了淋浴間……

天啊，我，燃燒的店舖，被
電到抽搐的黑猩猩，這些情
緒，這些發白的螢幕。我的
老天，我的……

命運。

喔！

喔，我的愛，
我的，喔喔喔
喔！

哈哈哈哈！

啊。

世上到處瀰漫著一
片無政府。

279

非自發的秩序會帶來不滿，這是無秩序之母，斷頭臺之父。

極權社會就像團體滑冰一樣。錯綜複雜，如機械般精準，而且如履薄冰。在文明的脆弱冰面之下，冰冷的混亂正在翻騰……

而在某些地方，冰層則是極為凶險的薄弱。

妳被逮捕了。

啊！

不，我只是在開玩笑。

喔！老天，是你……

沒錯，這玩意兒肯定可以用來防身。

聽、聽著，錢就在我身上。你有弄到那、那玩意兒，就跟我說的一樣嗎？

可以防身？

這足以防到讓某人的內臟流進水溝裡。

我建議妳趕快回家。如果妳被搜身了，記得，我這輩子從來沒見過妳。

謝謝你。

好、好的，我知道了。我會立刻帶它回家。感激不盡。

不客氣。

哈囉，艾利。

我們該來好好聊一聊了。

克里迪先生。

聽著，我不知道有什麼地方得罪你……

哈哈哈！真是胡說八道。重傷害罪、持械搶劫，大概還有一兩件謀殺……

你真是前科累累呀，艾利。

欸，聽著，拜託，饒了我吧。

饒了你？哈哈哈！

我不只是要饒了你，老兄。

我要給你一份工作。

這些暴動，艾利。指部目前人手有些短缺，而我被授權雇用更多打手。

幫我召集幾十個硬漢，專門夜間行動，直接付現金。你當然也有佣金可以抽，辦得到嗎？

好吧

太好了，艾利。太好了！

歡迎加入法律與秩序的陣營。

當權者首次察覺自己腳下出現混亂時，往往會採取最齷齪的手段來維護表面的秩序……

但那份秩序永遠缺乏正義，缺乏愛或自由，而這無法阻止他們的世界滑落至地獄。

當權者只允許兩種角色：虐待者和受虐者，將人們扭曲成面無表情的人型模特兒，只懂得畏懼和憎恨，文化則墜入深淵之中。

當權者將孩子們養育成畸形，把自己的親人變成了鬥雞……

好啦，康拉德，夠了。幫我拿條毛巾。

領袖什麼時候授權克里迪去召募一群暴徒？

今天下午。妳要穿浴袍嗎，海倫？

不。

蘇山難道不知道，克里迪只是在等他完全垮台，然後就會率領私人軍隊發動政變嗎？

領袖可能是壓力太大了。

胡說八道，康拉德。他的心智正在崩潰，當他失勢時，我要你坐上寶座，而不是克里迪那個只上過中學的大老粗。

看來就跟平常一樣，什麼事都得我親自動手。

你知道嗎，你是個很成功的年輕人，康拉德。如果你的成功並非全拜我所賜的話，我也許還會想跟你上床。

我明早還有事情要忙，所以我要去睡覺了。我猜等你上床時，我應該已經睡著了。

你在這裡不需要開燈，對吧？

當權者的垮臺，讓臥房、會議室、教堂和學校全都出現了裂縫。一切都陷入失政當中。

平等和自由絕非可以輕易拋棄的奢侈品。如果少了它們，自由便無法持久，而陷入無法想像的深淵。

V，等一下，我們之前不曾下來這裡過。我們要去哪裡？你在這裡藏了什麼東西嗎？

V？

V，回答我。

哈囉。這支號碼是倫敦6482732

我是艾瑞克·芬奇。

我現在不在家，請在嗶一聲後留下姓名和電話，我會再回電給你。

哈囉？

哈囉。又是我，多明尼克……

SUPAHEA

OFF ON

聽著，請你、請你聯絡我，拜託。蘇山先生和克里迪先生出了問題。我不能在電話上透露太多。

一切都在分崩離析，芬奇先生。我不知道自己該怎麼做。

嗯，我，呃，我猜就這樣了。

再見。

保重。

REGISTERED VOICE
IT IS AN OFFENSE
TO BREAK THIS
WITHOUT TH
AUTHO

V？

拜託，V。我在等你回答。這裡是？

這裡是我的祕密愛巢，艾薇。

我帶妳來見我的情婦。

你的什麼？

這是一個關於背叛和誤信，既紊亂又不幸的故事。

迷失的人不是我。正義曾是我的愛，我曾經很崇拜她，深深沉迷於她的真實和迷人之中。

直到她背著我，跟一名侵犯又虐待她的男人來往。他既兇猛又殘酷，光靠呼吸就能燒死孩童。

他改變了她。她愛上了皮衣、鎖鍊和鞭子。

我愛過的正義已經消失無蹤了；她的眼神原本如此善良，走起每一步來都如此小心翼翼……

在改頭換面之下，她瞇著眼怒視，把好人踩在惡毒的腳跟下。

想像當我得知她出軌的時候……

想像我的憤怒和羞愧，當我想到他們是如何嘲笑我所愛過的一切。我的正義，和她的殘忍情郎，在染血的床單下尋歡作樂。

不過俗話說的好，凡是在情場和戰場上，一切公平。既然這兩者皆是，那就別怪我出手還擊。

儘管我戴了綠帽，但這頂王冠不該由我獨自承擔。

妳瞧，雖然我的死對頭喜歡拈花惹草，但他在家中仍有一位深愛的妻子。

那個搶走我唯一摯愛的惡棍，將為自己的花心而後悔，當他發現這麼多年以來……

我早就橫刀奪愛了。

* 新蘇格蘭警場

鼻部，1998
年 11 月 7 日

玫瑰是紅色，紫蘿蘭是藍色，任何事都有可能，沒有事是真的。

像小情書一樣。是誰寄來的？

這就是你的部門要調查的。

我的義警隊在今早逮捕的幾個無業遊民身上找到的。

我愛雨，我愛月亮，我愛風和繁星

瘋子的作品。這個國家變得越來越蠢了。你知道曼徹斯特爆發了糧食暴動嗎？為了一個天殺的電腦錯誤？

我很樂意近期拜訪你，隔著鐵柵親吻你。

這是什麼意思？

這代表著麻煩，孩子。在這種時期，人們必須知道誰才是自己的朋友。

就拿你來說，自從禿子消失之後，你當上了鼻部代理主管。這是個風險很高的位置。情況可能在一夜之間就突然改變。

一夜之間。

當然了，領袖還是很了不起，不過，這個嘛，如果發生什麼事的話，誰要來填補這個空缺呢？你必須考慮這些事，對吧？

你知道的，我向來不怎麼欣賞芬奇，但我滿欣賞你的。

也許你我的部門未來可以合作得更加密切，或許……

我愛你，但你為何一定要深愛法律？任何人都看得出來，她是個婊子……

看得出好人不需向她求愛，看得出反派在上過床之後，就會裝作視而不見。

哈，這句真好笑。

你自己有辦法出去吧？

第三章 各式情聖

你在組織一場反對槍擊的抗議活動，對吧？

好吧，把這個小兔崽子跟其他人一起送上車。你沒看到我正在午休嗎？

早安，艾利。最近很忙嗎？

這差事很輕鬆，光是痛扁某個可憐的混球，在搜身時摸遍他們的女人，就能收進大把銀子。

你們警察真聰明，把好處全都占盡了。

哈哈。這個嘛，只要你辦事俐落，你的手下有機會變成正職。

我喜歡你的做事風格。依照現在的狀況，義警隊可能會派上用場。

舉例來說，我每週可以付你四百英鎊。

我是說，以這個價碼而言，等到緊要關頭時，我會需要你絕對忠誠，你懂我意思嗎？

我想得好好考慮一下。

好，你就慢慢考慮吧。不管未來體制會怎麼改變，我都可以保證你會有大好前途，你知道的……

如果到了緊要關頭的話。

你瞧，狀況仍然很不穩定。聽說利物浦爆發了停電危機，如果相同問題也出現在這裡的話。

算了，為了四百英鎊，我會全力支持你。

我先走一步了……

這麼快就要走了？我希望你不是另有其他工作吧？

不，我跟女人有約。

聽著，我找到了更多信。你最好找人看一看。

我們晚點見，好嗎？

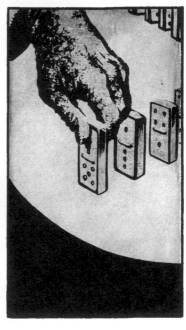

哈囉，小姐。我收到妳的訊息了。抱歉我遲到了⋯⋯

你未來最好準時一點。我不喜歡等人。

你知道我是誰嗎？

知道，妳是眼部主管的太太。

而你則在指揮克里迪的義警隊。

你知道他正在籌畫政變嗎？他想當上領袖。

這個嘛，我對此一無所知⋯⋯

少裝瘋賣傻了。這是個直截了當的生意決策：克里迪想當上領袖，我則希望讓康拉德當上領袖。

他付多少錢給你？

嗯，呃，我目前收了五百英鎊。

真的嗎？我以為頂多就四百英鎊。

我願意付六百英鎊，再幫你的手下們加薪。

妳從不浪費時間，是吧？我的工作是什麼？

你繼續幫克里迪工作，領他的薪水，不過要向我回報⋯⋯

等到時機來臨時，你得記住自己是在幫誰做事。

聽著，我可不想跟警察作對。克里迪掌管了指部⋯⋯

哈潑，照我的話去做，你很快就會接管指部了。

不必擔心克里迪。他幹的是一門風險很高的行業⋯⋯

瞧瞧他上一任發生了什麼事。

戴瑞克，

戴瑞克，你真是一無是處，然後你就死了。不過如此而已。

你死了，而我夜裡睡不著覺。

戴瑞克，當我們結婚的時候，你記得我還在銀行工作，而你則待在保險業。我們原本打算在薩里買一間房子，也許還生兒育女，那是 87 年的事了……

你死了，丟下我孤自在陌生人面前赤身裸體。

就在大戰爆發之前。

然後到了 92 年，你入了黨。

隔壁的拉娜太太在戰爭期間老是借食物給我們。當他們把她和孩子們拖上了不同廂型車時，我們沒有插手。

而你現在死了，我每晚則獨自走路回家，穿越暴動區，穿越打劫、槍擊和燃燒建築……

你現在死了，我則像隻動物一樣彎過身子，露出下半身向全世界屈服。

你現在死了，而我害怕得睡不著覺，哭泣、憎恨，一直在想：「究竟是誰害我落到這步田地？」

我因為渴望正義而睡不著覺，想要全世界都知道這有多麼不公平。

我因為枕頭下的那把槍而睡不著覺。

謝謝。

你知道在這裡找不到住宿的地方了嗎？這裡已經沒有民宿了。你是打算要露營嗎？

沒錯。

就是這樣。

這都是為了妳，迪莉亞。為了妳，遠勝於任何人。

我跟妳在一起時很開心。沒錯，沒錯，我跟辛西亞和小保羅在一起時也很開心，但那是十年前的事了。

我已經放下它了。

我這麼做是為了妳，迪莉亞。

為了國家，沒錯，這也是；還有為了自己，當然是為了自己；但主要是為了妳，遠勝過任何人。

妳是我來這裡的原因。

這裡是一切的開始。

這裡是一切的結束。

LARKHILL RESETTLEMENT CAMP

*拉克希爾難民營

290

V？

你就快完成了，對不對？

妳自己看吧。

骨牌就擺在我的面前，排列得極其完美。

在完成之後，人們這才終於發現自己的目的以及遠大的重要性。

但「就快完成了」？

沒錯。

沒錯，我想是吧。

儘管迂迂迴迴的建造過程延誤了人們的理解，但長期以來始終隱而不現的圖騰如今終於顯露在眼前。

難道這不顯得很精美嗎？難道這不顯得既簡單、優雅又劇烈嗎？

真奇怪，在經過漫長準備的一番苦工之後，只需要最微不足道的努力和更少的思慮，就能讓這個精心設計的短暫娛樂活動，踏上一場氣喘吁吁、快步猛衝的賽跑。

只需輕輕一推，不過如此……

而一切全都就位了。

骨牌本身無法像我們這些惡作劇者一樣理解自己被安排好的位置：那些面無表情、遵守秩序的行列，如此充滿災難。在冷酷命運即將釋出大浪之前，他們一無所知。

影響越深的人，知道的就越少……

你必須知道，等到它來臨時，一切總是太遲了。

確實，他們不會察覺有任何事情出錯，直到自己也被捲進了那股強烈的動力，一開始還可能把它誤認為堅決大膽的行動，為了防止災難而在最後一刻集結，衝上前去伸出援手⋯⋯

YOU SAY YOU HAVE A CLOCKWORK LOVE WHO FEEDS AND CARES FOR YOU. BUT I'VE READ ALL HER DIARIES, AND I KNOW THAT SHE'S UNTRUE

*你說自己有個上了發條的愛人，會撫養照顧你。但我讀過了她所有日記，我知道她在說謊。

但他們不是往前衝。

他們是往下墜落。

瞧！

可憐的小傢伙們。

看到它們了嗎？就這麼枯站著，在一張張面無表情、漠不關心的臉龐上寫著號碼，就像是紐倫堡的縮影，一排排被塗畫的小木人。

可憐的骨牌。

你們的美麗帝國花了這麼久建立，如今只要歷史輕輕一彈手指⋯⋯

就準備崩塌了。

292

領袖⋯⋯

我知道了。

那個恐怖分子，我知道他是怎麼辦到的。

首先，他對我們和我們的系統瞭如指掌。無所不知。

接著，我們今早在人們身上搜出了顛覆性的詩詞，他們宣稱是別人寄過來的。

領袖，他讓我們幫他遞送傳單！究竟是怎麼辦到的？

他怎麼有辦法在默西賽德郡造成停電，又在伯明罕引發糧食暴動？我知道這很難以想像，領袖，但只有一個答案：

他有辦法操控命運。

打從一開始他就有辦法操控命運。

他就是這樣，呃⋯⋯

領袖？

怎麼了？

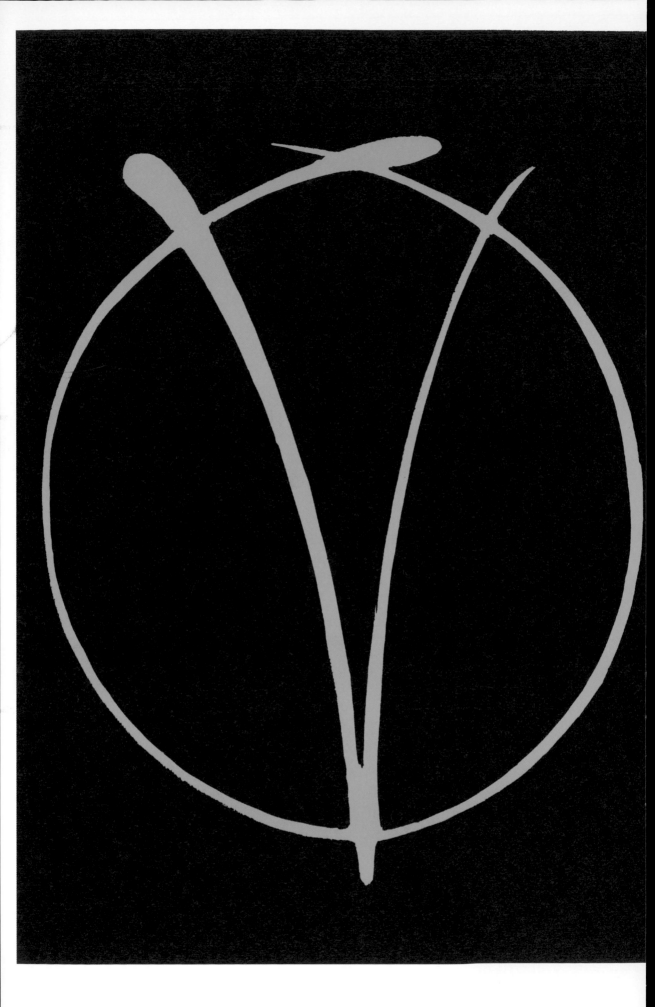

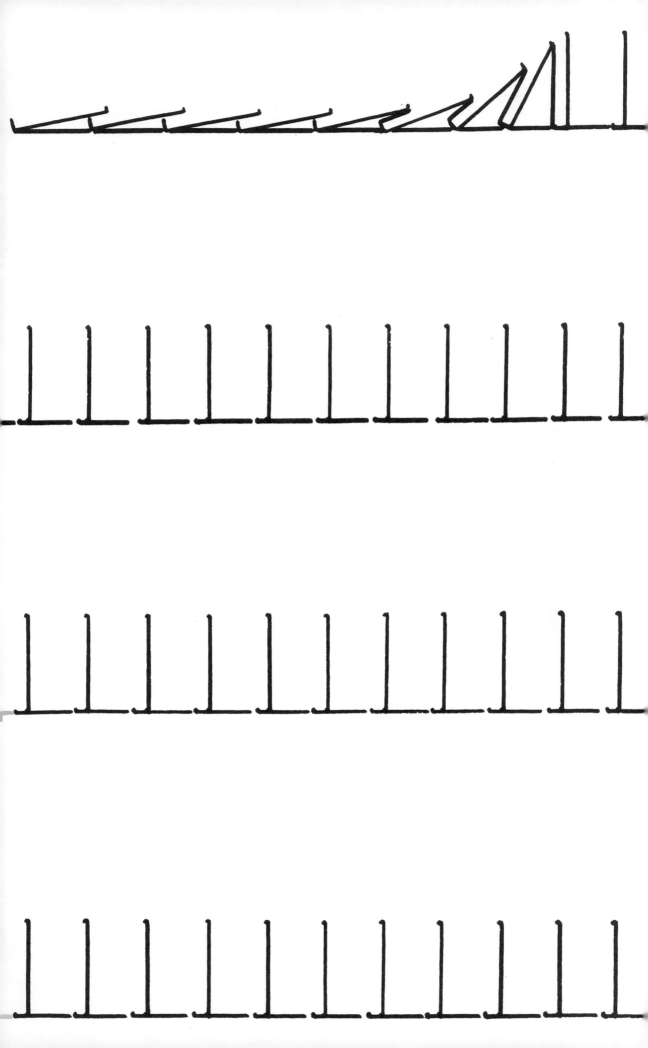

Photo: Mitch Jenkins

V FOR VENDETTA ™

By **Alan Moore** and **David Lloyd**

Suggested
For Mature
Readers

我們要對付的是一個絕不普通的人……無論是肉體上或精神上。

而精神上的那部分才最令我煩惱……

因為如果我要破這個案子的話，而我一定會破案，我就必須鑽進他的腦袋裡。

用他的方式去思考……

而這令我很害怕。

我曾經這麼說過。

我在一年前曾這麼說過，一切都未曾改變，這仍然是真的。

我仍然很害怕。

我對這玩意兒知道得太少，只要一問就會啟人疑竇。

麥角酸二乙胺：標準用量大概是兩百微克，但我要怎麼測量？

他們說只要份量稍微不對，就會改變一切……

最微小的份量。

CHAPTER 4 VESTIGES
第四章 殘跡

我從來沒見過難民營，只有看過照片。所以這裡就是我們把那些人全都沖下去的馬桶……

四顆藥丸。我好奇這樣夠不夠？我好奇這樣會不會太多？

好吧。

像肥皂碎片一樣擺在我舌頭上，我的口水嚐起來像錫箔……我肚子深處開始浮現一股憂慮。

我吞了下去，感覺像是鬆手放開了什麼東西。

好了。

我現在綁上了安全帶，從腸子、血液到大腦都開始倒數，準備離地起飛，但我從來沒飛過。究竟會發生什麼事？

沒反應。什麼事都還沒發生。趁天色還亮，最好到處晃一晃。

這應該就是焚化爐。拿來燒人的焚化爐。焚人爐……

不。沒用，看起來一點都不真實。如果我知道會發生這種事，我還會入黨嗎？

大概吧。沒有更好的選項。

我們不能讓戰後的混亂繼續下去。任何社會體系都比那來得好。我們需要秩序……

或至少，我需要秩序。像那樣失去辛西亞和小保羅，一切都在分崩離析，而我只想要……

去……

呃！

我不該這麼做。

我不該吃下迷幻藥。

不該在這裡。

但我想知道、知道身為他是什麼感受……

問題出在這個地方。如果我能走出這裡的圍牆，直到自己覺得好多了……

沒問題。大門就在這邊……

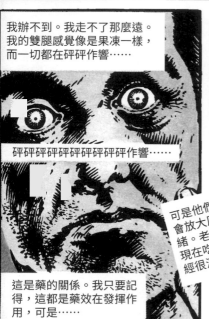

我辦不到。我走不了那麼遠。我的雙腿感覺像是果凍一樣，而一切都在砰砰作響……

砰砰砰砰砰砰砰砰砰砰作響……

這是藥的關係。我只要記得，這都是藥效在發揮作用，可是……

可是他們說，迷幻藥只會放大原本就存在的情緒。老天，我幹嘛選擇現在吃藥，當我早就已經很混亂了？

我被困在一份讓自己很苦惱的工作，但我不能告訴任何人。我好孤單……

如此孤單。

喔。

喔，瞧！

瞧，他們全都在笑。他們全都很開心。天啊，實在過得太久了……

我都忘記人們的膚色有多麼豐富了，像是一千種特調咖啡……

我在示威遊行上看到的那些彼此相擁的女孩們，還有那些男人們，如此溫柔，語氣如此輕柔。

301

我的老天，我好想念你們。

我想念你們的聲音，你們走路的姿態，你們的美食，你們的衣物，你們染成粉紅色的頭髮。

我的朋友們，在嘉年華上，同志驕傲遊行上。

請說你們看穿了我的制服。請說你們知道我很在乎。我……

等等！

等等！你們要去哪裡？

拜託……

請不要離開我。

我們對待你們很糟，我們所印出來、做出來和說出來的那些憎恨行徑，但是拜託，拜託不要鄙視我們。我們當時太蠢了。我們當時還小。我們什麼都不知道。

回來吧。喔，拜託回來吧。

我愛你們。

嗚。

嗚嗚……

我愛你們。我……

喔，艾瑞克，瞧瞧你，還穿著睡衣！回去睡覺吧。我在煎培根和雞蛋，好讓你打起精神。

迪莉亞？

迪莉亞，我覺得好困惑。如果我可以搞清楚這件事的話……

什麼事？

我在這裡做的事。發生在我身上的事。

我記得自己是來這裡找什麼東西、某個對許多事來說都很重要的東西，我本來打算服下藥物……

藥物？這個嘛，這就是我來這裡的目的。請把袖子捲起來……

至於你的情緒問題，也許你該去找東尼·利利曼談一談。他是我們的神父。

利利曼？我以為他是主教？

不，只是個棋子。

來，告訴我：你是什麼時候不再相信上帝的？

可、可是，我從來沒說過……

少縱容他了！天殺的神父！不管他有什麼問題，只要一針叢林果汁就能藥到病除，對吧？

嗯。你說得大概沒錯，就我的經驗來說，毒藥能解決大多數的人生難題……

我這邊結束了，波瑟羅先生，他就交給你了。

什麼？迪莉亞，他們要把我帶走！別讓他們……

來吧，兄弟，別惹我生氣。

迪莉亞？

迪莉亞？培根和雞蛋要怎麼辦？

因父，及子，及聖神之名……

迪莉亞，拜託，妳跟他們不一樣。我很清楚。妳有顆仁愛之心。拜託別讓他們這麼做。

迪莉亞，妳在聽嗎？我……

喔，不。

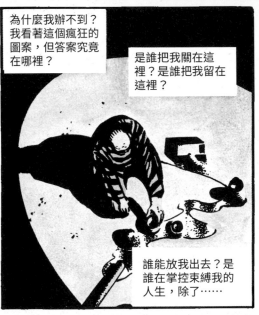

跳越、轉向、吐出那些迫害我的價值，感覺浩瀚無垠，感覺宛如處子……

這就是他當時的感受嗎？這股活力，這股生命力，

這幻景。

這條大道，

這份真實，

這人生……

每當
我們道別……

你知道的，那臺點唱機
有點像是在海邊咖啡館
當服務生的沉悶時光。

你是否要做些什麼，
還是打算在這裡等待
混亂結束？

我都死去
一點……

就算少了我們，
這份混亂也進展得十分
順利。至於我的部分，
我認為時機已經來臨，
該好好整頓某些事情了。

這個嘛，那是什麼
意思？我們到底有
沒有要出面？

每當我們
道別……

照妳的意志
去做吧，艾薇。
這就是律法的全部。

不行，引用阿萊斯特·
克勞利也沒用。這沒
回答我的問題。

我想知道你打
算怎麼做，V。
我想知道你的意
志是什麼。

我都好奇
為什麼……

妳要我展現
自己的意志？
很好……

非常好。

天上的
眾神，他們一
定很知情，為何
不肯眷顧我……

跟我來。

卻又願意讓
你走？*

**CHAPTER V
THE VALEDICTION**
第五章 告別

※出自柯爾·波特所譜的爵士名曲《每當我們道別》。

為何每件事都要這麼小題大作？我只是問了個最簡單的問題，弄得好像《愛麗絲夢遊仙境》一樣。

我已經讀了好幾個月的書，現在變得比較聰明了。難道你不能直接解釋給我聽嗎？

妳想要得到知識，艾薇，而我就會將知識傳授給妳。

知識，就像空氣一樣，對生命至關緊要。就像空氣一樣，任何人都不該被剝奪。

喔，Ｖ，拜託……

你老是把事情弄得神祕兮兮：你自己，這個地方，你的計畫。如果知識就像空氣一樣，你則是在害我窒息。

完全不是。我一直在教妳如何呼吸。

往這邊走。

知識的空氣在此壓縮成動力燃料。

整個社會的實情都集中在這裡，這個實情算進了社會的崩塌，

因為我已經接通了他們的知識之泉。不久之後，每個人都能喝一口。

你知道嗎，我打賭就連我自己都會用這臺電腦。它真的有連到命運嗎？

命運則連到了所有事物。在官僚體系中，檔案卡就是現實。

只要打上新孔，我們就能重新打造出整個世界。

往這邊走。

喔，這些房間彼此相連嗎？

所有事物都彼此相連。

妳必須了解到，知識不是妳唯一繼承的遺產。

它還包括了勇氣、信念，就像我們在此紀念的她一樣……

還有浪漫。

永遠、永遠都少不了浪漫。

在暴動的喧擾之中，我們很容易就會忘記自己究竟為何而奮鬥……

無政府必須擁抱炸彈和砲火的轟隆聲……

難道不是為了跳舞嗎？灑了香水的肩膀？瞳孔因為欲望或紅酒而放大？

但同時必須更加深愛甜美的音樂。

然而奇特的是，那份改變，從大調到小調……

不，我仍然彈不好最後那一段。

堅持下去，艾薇。在理解了音樂之後，我們才能聽見生命中的音樂，從第一記不夠充分的顫音……

直到終曲的小和弦。

所以讓我想想，

喔，我懂了。樓上的三個房間都跟樓下的鋼琴室連在一起。

沒錯。想像我們正處於妳的腦海裡，每塊區域都各有其技能和作用：知識、愉悅、創意……

然後剩下來的部位則負責串好神經連結。

在上面那裡，容納了理性、愛情和文化等較上層的特質。

在下面這裡，魅影畫廊則具備了雙眼。

等一等。讓我釐清一下方位。我房間在這一層，就在另一座樓梯外面，差不多是在，那邊？對嗎？

完全沒錯。

跟我來吧……這裡有個妳從未見過的東西……

的確，很少人有機會研究自己的視神經。

V 這麼多電視，它們全都在運轉。我以為你停掉了所有電視？

喔不，監視鏡頭仍然在運作，但敵人的播放和收訊設備則否。

相對的，我的設備運作得十分完美。

當然了，在所有國家播放系統都中斷之下，我唯一收到的只有這些暴動地區的肥皂劇和爛災難片。

有些時候，我還真想念《風暴薩克森》。

它的對白寫得還比較好。

可、可是，你在這裡可以看到整個倫敦。

很正常。這房間是一座倒置山丘的巔峰，必須往下走才能爬到山頂。不過一旦抵達之後，就能看到數英里之遠。

來吧。

看太多電視不好，而且妳還有功課要做。

妳在這裡可以找到書籍和器材，教妳如何用咖啡製造炸藥，或打造出跟水一樣便宜的迷幻藥。

明智使用，若能不用就不用。

跟電視不一樣，我們不能太仰賴科學，儘管核能有其優點。

透過科學，靈感可以在理論的苗床上發芽、成形，然後幫助它們生長，但我們身為園丁必須當心……

因為有些種子是毀滅的種子，

而最燦爛的盛放，往往也最危險。

喔，玫瑰室。

你知道的，這地方讓我覺得怪怪的。就像你讀給我聽的那個雷·布萊伯利故事，關於玉米田，而每片玉米穗都是某個人的生命……

不過你這裡無法為每個人都種一朵玫瑰，是吧？只能為很特別的人……

這裡有為領袖種一朵玫瑰嗎？為蘇山先生？

喔不。不是在這裡。我了他種了一朵最特別的玫瑰。

來吧，讓我們離開這座香氛涼亭吧。我相信妳會好好照顧它。

你要讓我來照顧這些玫瑰？這很棒。我……

啊。又回到樓梯井了。我們要繼續往下走嗎？

沒錯，妳將摸透這個地方，無論任何長度或深度。

下一層樓有什麼？

不太算是一層樓，反倒比較像是夾層。這裡儲藏了一些東西，在更下面的地方就快要用到了。

只剩下最後一層樓了。如果妳能幫忙拿個包裹，我會很感激，不過妳要小心點。

沒問題。裡面裝了什麼？

炸藥。

炸藥？我的老天。

V，我不會協助殺人。你打算拿它來幹嘛？

把它處理掉。

畢竟正如妳所說的，妳不需要它。

無政府有兩張臉孔，既是創造者、也是破壞者。

因此破壞者推翻了帝國，從中打造出一幅殘磚破瓦的畫布，好讓創造者可以建立出一個更好的世界。

在完成了殘磚破瓦之後，就不需要更進一步的破壞手段了。那就捨棄這些炸藥吧！

捨棄那些破壞者！他們在更好的世界裡沒有立足之地。

但讓我們舉杯慶祝所有的炸彈客、所有的混球，最不討人喜愛也最無法原諒的那些人。

讓我們為他們的健康而乾杯……

然後就此跟他們永別。

太棒了！這是，V，你是從哪裡弄到……

噓。拜託，表現得敬重些。

來吧，讓我們小心謹慎，將炸藥放到百合花的後面……

喔，V，這些花。

這些鐵軌，它們不是真的黃金，對吧？我喜歡它上色的方式……

看起來就像一艘美麗的舊駁船。

它是幹嘛用的？ ▲ V？

V，我問，它是幹嘛用的？

V？

V，拜託，你才說要分享知識，現在卻不肯回答我而轉身就走。

你根本沒有告訴我任何答案。我原本是在問你，你究竟打算怎麼做……

妳要我展現自己的意志，而我也照做了。

呃？

V，我受夠玩猜謎了。我只想知道，你究竟打不打算出去。

不，我必須留在這裡。我在等待。

等待？等待什麼？

不是等待什麼而是等待誰。

好吧！好吧，你到底在等待誰。

我在等待那個男人。

如果那又是另一個，

它就是，對不對！那又是另一個該死的引用！我曾在點唱機裡聽過。

V，我恨死這樣了。我們所有的對話都變成了填字遊戲！

我是說，如果你有什麼話想說，如果有什麼事情我應該知道……

肯定沒有糟到你不能直接告訴我吧？

V？你在聽嗎？

聽著，我是認真的……

我對猜謎舉白旗投降了。我只想把書頁顛倒過來，直接看答案。

怎麼樣？

V，我在等你。

FAREWELL, MY LOVELY

你到底想告訴我什麼？

*電影《再見，吾愛》。

313

*你即將離開倫敦

1998.11.9，下午 2:30：安排領袖公開露面，以恢復社會平靜。

他們不是認真的，對吧？

所有報告都指出，可憐的老蘇山已經完全發瘋了！看到他那個樣子，究竟要如何恢復社會平靜？

只剩下軟心巧克力了，該死。

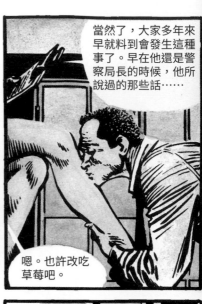

當然了，大家多年來早就料到會發生這種事了。早在他還是警察局長的時候，他所說過的那些話……

嗯。也許改吃草莓吧。

靠。

我打賭……嗯……我打賭這是克里迪的點子。他大概希望發生暴動，好讓他可以向蘇山要求更多惡棍加入自己的私人軍隊。

汗流浹背的小壞蛋。

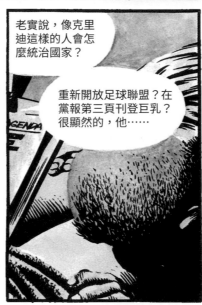

老實說，像克里迪這樣的人會怎麼統治國家？

重新開放足球聯盟？在黨報第三頁刊登巨乳？很顯然的，他……

不。

現在不要，康拉德。

你現在先吃顆巧克力吧。張開。張開嘴巴。

來吧。至於剩下的巧克力……

也許等到你當上領袖再說吧。

哈囉，克里迪先生。你今天很早起嘛？

哈囉，艾利。見鬼了，領袖選了風很大的一天來露面，對吧？

欸，這個嘛，不管風吹得再怎麼歪，也都會有人得利，對吧？

哈哈，你說得對，艾利。你說得很對……

我是說，就拿這場遊行來講，等到那些人看到領導者究竟是什麼樣子時……

我是說，誰又知道呢？

弄絨繩的時候小心點，孩子。

抱歉，長官。

我想過了今天之後，他們就會懇求一位帶種的領袖上臺。

我告訴你，率領指部將帶來很多機會，不知為何從來沒有人想到這一點。

欸，我們去晃晃，好嗎？

好啊。我是說，為何我的上一任從來沒試過？

狐狸喝采二號，倫敦官府大道到查令十字路都安全了……

請證實里奇蒙平臺已安全，完畢。

老艾蒙德是什麼樣的人？就我所聽到的，他是個娘娘腔……

這個嘛，他絕對不會考慮用我的手下來維護治安，這是肯定的。那個高傲的傢伙。

艾蒙德先生總是高高在上。這就是我最喜歡你的地方……

我是說，你一點都不高高在上。事實上，還正好相反。

聽著，我得走了。回頭見，好嗎？

好呀，回頭見。

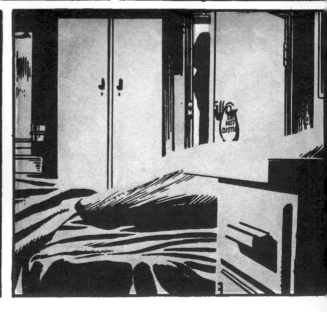

瞧，就在這裡。它應該是隱藏式的才對，但你可以看到鏡頭。

每位黨員的臥室都有裝，包括他自己的在內！

而他還好奇我為什麼不肯讓他碰我。

當然了，他的監視器現在全都不管用了。

他坐在辦公室裡，正值這場鬧哄哄的遊行，而他的小螢幕全故障了。

一位瞎眼的偷窺狂。哈！

就在這裡，康拉德。這就是你所錯過的一切

可惜你看不到了。

我幫他一路爬上領導階層，你不知道這有多麼困難。

當然了，所有實質決策都會由我親自定奪。很顯然，是在你的打手支持之下。

我會像伊娃．裴隆一樣。你有看過《阿根廷，別為我哭泣》嗎？

阿根廷，別為我哭泣，事實上……

來嘛，讓我抽一口……

啊、啊！別用搶的。這大麻可是很貴的。

如果你想抽，就得好好努力。

喔，我會好好努力的，沒問題，

我在工作上表現得很可靠，所以他們……

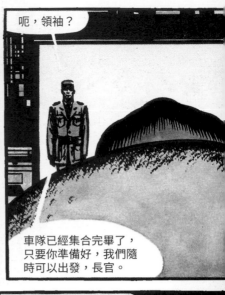
呃，領袖？

車隊已經集合完畢了，只要你準備好，我們隨時可以出發，長官。

謝謝你。

我再過一陣子就會去跟人民碰面，不必等我了。

英格蘭必勝。

我原諒妳。

風吹動著風向儀……走路，走路，開心的流浪者，瓦德利，瓦德拉，一切都很合情合理……

像他一樣去思考，他曾在我之前走過這條路，而那些遠古時期的腳步是否曾？問題是哪裡？他去了哪裡？

就像雌狐回到了狐狸窩，就像田鼠回到了洞穴，名副其實的銷聲匿跡，問題是哪裡？像他一樣去思考，像他一樣去思考，滿溢著巫毒，滿溢著幻景，但他會怎麼做？他會去哪裡？

嗯？

當然了。

當然了！

＊此車站已關閉。

321

CHAPTER 7
VINDICATION

第七章 作證

大笑，歡呼，揮手：至少他們還沒有捨棄我。

但為何我對他們毫無感覺呢？

這裡只有我一個人，不是嗎？我從小就知道，其他人都不是真的。

只有我跟上帝，沒有眼前司機的脖子；沒有發臭的人造皮；沒有人潮。

我將跟造物主談談莊園上的那些黑鬼男孩；還有在床上赤身裸體的男子們，互相撫摸，搓揉，推擠……

等我變虛弱的時候，我們就會談談。

當我跟上帝對談的時候，同事們嘲笑我……

但我證明了：上帝是真的，化身為一種我可以愛的形式。當我首次看到她的螢幕，她光滑筆挺的線條……

跟女人不一樣，沒有奇怪汗水和醜陋體毛，而是冰冷、堅硬、官能的。我們相愛，上帝跟我，可是然後……

然後她背叛了。現在什麼都不剩了。我現在孤獨一人……

除了他們以外，正在車窗外揮著手。我會試著更愛他們多一些。我只剩下他們了。

我該向他們揮手嗎？這看起來不能像經過排練，或不夠真誠，而必須像是發自內心的示意……

就跟他們一樣自動自發。

他們愛我，我則繼續傳遞下去。

英格蘭必勝。

好啦，把人牆帶去倫敦官府大道，然後跟忠誠黨員一起等車隊到來。

這次要歡呼得大聲一點，知道嗎？

你怎麼能告訴我,你很寂寞……

還說對你而言,陽光不再普照?

讓我牽著你的手,帶你穿過倫敦街道,我會給你看一些東西……

好讓你回心轉意。*

所以,芬奇先生,

我們終於碰面了。

＊出自拉爾富‧麥可泰爾的歌曲《倫敦街道》。

再揮大力一點！

拜託！那些小孩到底在哪裡？難道沒有人可以獻花給他嗎？

沒錯。

沒錯，雖然我很害怕。因為那一點都不重要，就像有關我的一切。

沒錯，儘管他們會殺了我。因為如果我不這麼做的話，人生就毫無意義可言了……

沒錯，因為我們的人生都浪費在你的幻景上了，而那是我們所僅有的一切。

沒錯，因為我無法忍受你對我們所做的一切……

沒錯，因為歷史正在邁動我的雙腿，而沒有任何事，沒有任何事有辦法阻止我……

喂！

沒關係，我認識她。高級黨員。讓她過去會比較上相。

沒錯，因為你的善心帶領我們下地獄，而你現在說，我們唯一的希望就是更嚴厲的領導階層……

往這邊走，他一定會感激的……

沒錯，因為我就快到了，而每個人都在想：「她的地位一定很重要。」而我不是，但我就快是了……

停車。讓我跟人民講講話……

沒錯，因為我曾經擁有過人生、世界、婚姻，並且十分重視它們，不過你沒有……

真高興、

真高興可以跟人碰面了。來握手吧。

沒錯，因為我們曾見過很多次面，而我的戴瑞克為你而死，但你甚至不記得我長什麼模樣！

拜託，不要害羞，

沒錯。

沒錯。沒錯……

啊！

好了。

你以為自己能殺死我嗎？這件斗篷下沒有可以殺死的血肉之軀。

只有一個理念。

而理念是刀槍不入的。

再見了。

喔喔喔！

鮮血。

終究還是血肉之軀，

我殺死你了，
你這個怪物……

我殺死你了！

FOR YOUR PROTECTION

Photo: Mitch Jenkins

這是白費力氣。半個頭都被轟掉了，我們又能做什麼？

我再問你一次：你在幫他做事嗎？

我們也在等消息。加派人手到佩克漢，然後等待進一步指示。

康拉德？怎麼樣，你說說話呀，天啊！他死了嗎？

各位，請保持安靜。

我必須不幸通知各位，我們親愛的領袖，亞當·詹姆斯·蘇山，因今天稍早的傷勢去世了。

在此宣佈進入緊急狀態，而在這段期間，負責維持秩序的任務自然將交到指部手上。

什麼？等一下

康拉德，閉嘴。沒事，讓他說完。

我們的第一要務就是「V」這件事。在午餐之前，我們收到了一份公報，郵戳日期是昨天。

代號「V」打算在今天午夜現身，相信是為了煽動更進一步的動亂。

因此我們必須⋯⋯

他死了。

代號「V」。

他死了。

我射中他了。

CHAPTER 8 VULTURES

第八章 禿鷹

妳，妳覺得他真的死了嗎？那個恐怖分子，就跟芬奇說的一樣？

芬奇已經有半個腦袋因為藥物而不正常了。就各種方面來說。不過，他還是一個既無趣又可靠的平凡人。

他大概真的辦到了。

有你的包裹，赫爾先生。

嗯？喔，謝謝。

問題在於，下一步要怎麼辦？行刺案讓我們每個人都大吃了一驚。現在，我國正處於政治中空狀態。

沒有人發號施令。

當然了，克里迪以為自己在當家。我希望他能趁現在好好享受這種感覺。

事情需要好好安排，所以我們今晚再碰面吧，而誰知道呢，你這個幸運小子……

到了今晚，我心情可能會很好。

芬奇先生？聽著，我知道你仍然因為藥物而感到很激動和混亂，可是⋯⋯

這個嘛，我們必須搞清楚一些事：你確定自己真的殺了那個恐怖分子嗎？

他受了致命傷。沒錯，我很確定。

我是說，他流了那麼多血。我一定殺了他，可是⋯⋯

可是我不懂的是，我當時轉身背對著他。我甚至不知道他人在那裡⋯⋯

而當他驚動我之後，我在拔槍時是如此緩慢⋯⋯

我是說，他就像是上了油的閃電。他本來可以阻止我。他⋯⋯

他本來可以殺了我。

嗯，沒錯，這個嘛，我們就假設他已經死了吧⋯⋯

所以唯一重要的問題在於，這一切都發生在哪裡呢？

我，呃，

你知道嗎，我不記得了。

大概是藥物的關係，對吧？

此車站已關閉。

337

瞧，就在這裡。它應該是隱藏式的，但你可以看到鏡頭。

每位黨員的臥室都安裝了，包括他自己的在內！

而他還好奇我為什麼不肯讓他碰我。

當然了，他的監視器現在都不管用了。

他坐在辦公室裡，正值這場鬧哄哄的遊行，而他的小螢幕都故障了。

瞎眼的偷窺狂。哈！

就在這裡，康拉德。

這就是你所錯過的一切

可惜你看不到了。

注意，倫敦。我是緊急指揮官彼得·克里迪。

一切都在掌控之下。恐怖分子代號「V」已經中彈，受了致命傷。

如果他在午夜之前沒有現身，我們會假設他已經死了。

再次重覆，恐怖分子已經中彈，動亂已經結束了。請回到自己家中，回到自己親人身邊。

注意，倫敦。

我是緊急指揮官彼得·克里迪⋯⋯

午安，艾利。哎呀，你真快就把我的錄音播給大眾聽了。幹得好，大夥們，一百分。

一切都在掌控之下。

恐怖分子代號「V」已經中彈，受了致命傷。

我告訴你，在蘇山走了之後，我們的合夥關係終於真正大獲成功了⋯⋯

欸，這個嘛，我一直想跟你談談這件事⋯⋯

很好，那就來談吧。你可以把那玩意兒轉小聲一點嗎？

轉小聲？我才覺得有點太安靜了，也許我該把它轉更大聲一點？

轉更大聲？拜託，別鬧了，已經夠震耳欲聾了！你必須用尖叫的，才蓋得過這聲音。

我們會假設他已經死了。

欸，即便如此，你仍然可能會帶來麻煩。

再次重覆，恐怖分子已中彈。

什麼？我不！

喔，天啊。

老天，艾利。拜託，別開玩笑。這是在幹嘛，天啊！我付了很多錢給你⋯⋯

339

動亂已經結束了。

我收到了更高的出價。

啊！

喔喔喔喔。喔，不。喔，不……

開槍打我。來吧，好嗎？拜託。

直接開槍打我。

請回到自己家中……

回到自己親人身邊。

我寧願用剃刀刺你，如果你不介意的話。

老實跟你說，那會是浪費子彈。

注意，倫敦。

我是緊急指揮官彼得·克里迪。

一切都在掌控之下。

恐怖分子代號「V」已經中彈，受了致命傷。

如果他在午夜之前沒有現身，我們會假設他已經死了。

再次重覆，恐怖分子已經中彈。動亂已經結束了。

請回到自己家中，回到自己親人身邊。

艾薇，

喔，
你回來了。

V，帶我看過那
輛火車之後，
你就走掉了。

你跑去
哪裡了？

艾薇……

艾薇，仔細聽著，我在等待的人已經打來了，而我現在剩下的時間不多了……

V喔，天啊，別說話。我去拿繃帶……

不，等妳回來的時候，我就已經死了，有些事情必須讓妳知道……

這個國家還沒有得救，千萬別那麼想，但它的老舊思想已經化為殘磚破瓦了，而我們將從殘磚破瓦中重新建立……

那就是他們的任務：要去自我統治，統治他們的人生、他們的愛和土地……

達到這個目標之後，再讓他們去談論救贖。如果少了救贖，他們只會變成腐屍。

喔，不。喔，拜託！

到了下一個世紀，他們就會知道自己的命運：要嘛成為在殘磚破瓦中盛開的玫瑰，否則就綻放得太遲了。

但等到我死了之後，妳又該如何是好呢，孩子？

你不會的！你不會死的！

噓。首先，妳必須知道在這張面具之後藏的究竟是誰的面孔，但妳永遠不能知道我的臉。聽懂了嗎？

什麼？你到底在說什麼？

還有維多利亞線已經被封阻了，在倫敦官府大道和聖詹姆斯之間、幫我辦一場維京式葬禮……

祝妳好運，親愛的艾薇。我愛妳。

Ave、Atque、Vale、

CHAPTER 9
THE VIGIL

第九章 守夜

V？

你就快完成了，對吧？

妳自己瞧吧，
艾薇。

骨牌就擺在我的面前，排列得極其完美。

在完成之後，人們這才終於發現自己的目的以及個人遠大的重要性……

但「就快完成了」？

沒錯。

沒錯，我想是吧。

注意，倫敦。我是緊急指揮官彼得·克里迪。一切都在掌控之下。

恐怖分子代號「V」已經中彈，受了致命傷。

如果他在午夜之前沒有現身，我們會假設他已經死了。

再次重覆，恐怖分子已經中彈。動亂已經結束了。請回到自己家中，回到自己親人身邊。

注意，倫敦。

無政府有兩張臉孔，既是創造者、也是破壞者。

因此破壞者推翻了帝國，從中打造出一幅殘磚破瓦的畫布，好讓創造者可以建立出一個更好的世界。

在完成了殘磚破瓦之後，就不需要更進一步的破壞手段了。

那就捨棄這些炸藥吧！捨棄那些破壞者！他們在更好的世界裡沒有立足之地……

但讓我們舉杯慶祝所有的炸彈客、所有的混球，最不討人喜愛也最無法原諒的那些人。

讓我們為他們的健康而乾杯……

然後就此跟他們永別。

維多利亞線已經被封阻了，在倫敦官府大道和聖詹姆斯之間，幫我辦一場維京式葬禮……

首先，妳必須知道在這張面具之後藏的究竟是誰的面孔，但妳永遠不能知道我的臉。聽懂了嗎？

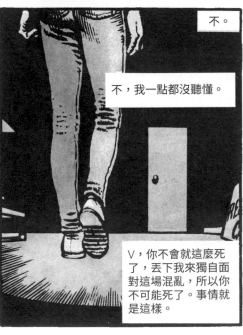

不。

不，我一點都沒聽懂。

V，你不會就這麼死了，丟下我來獨自面對這場混亂，所以你不可能死了。事情就是這樣。

我要走上這些階梯，穿過那扇門，而你還活得好好的，這只是另一個詭計，為了教育我。

別畏縮不前，直接走上階梯，直接穿過那扇門，然後……

所以。

你死了。

喔，天啊，接下來該怎麼辦？你從來沒說過。你從來沒說過，你是為了什麼而教育我。

你從來沒告訴我，我究竟該怎麼做。

好吧。

好吧，那麼，我就這麼做：

我走向了屍體，極其安靜，極其恭敬……

我蹲了下來，手指笨拙地解開了橡皮筋綁帶……

然後我就拿下了面具。

不。

不，我不會這麼做。

我要做的是，眼眶含淚地跟蹌走向屍體。

手指上沾了血而變得很滑，但我扯開了面具，然後……

不。

不。不是這樣。

347

因為你是如此巨大，Ｖ，萬一你只是個無名小卒呢？

就算你真的有頭有臉，你也只會變得更加渺小，因為你原本可以是任何人，最終卻不是……

喔，我不知道。我不知道自己在說什麼。

動手吧。我沒有理由不該這麼做。這裡沒有任何人來阻止我。

我只要走過這段距離，抓住那張面具，然後……

不，不，我已經過了那個階段。你不是我爸。我很清楚。

就算你真的是，這樣也不夠。

如果我拿掉了那張面具，有些東西將永遠不見，就此消失無蹤，因為不管你是誰，都沒有你這個概念來得巨大。可是、可是、

可是你說過，我非得這麼做，我非得知道……

所以我開始走向了屍體，試著不要踩到血跡。

它一動也不動。它看起來不再像是個人類。某些東西已離它而去。

我跪了下來，雙手正在發抖。我幾乎找不到扣件，但我終於抬起了那副令人發狂的微笑，然後……

然後我終於知道了。

我知道Ｖ必須成為什麼人。

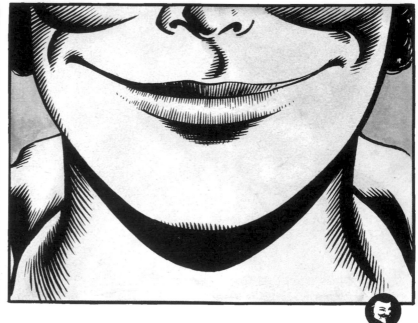

1998 年 11 月 9 日，晚間 9:30

他們還在那裡，什麼都沒做，只是一直在等待。

真有趣，他們也不是那名恐怖分子的追隨者，只不過是一群暴徒。

但對他們來說，他已經變成了某種萬用的象徵，對吧？

人們需要象徵，多明尼克。他很清楚這一點。我們則忘記了這件事。

外頭那些人在大戰期間都曾失去過家人。

我們多年來一直在壓抑他們的苦痛，卻沒有幫助他們加以面對。

或許他也沒有，但他肯定解開了封印……

就像拉克希爾對我所做的一樣。現在一切都不同了，多明尼克。我不再屬於這裡了。

你、你要走了？芬奇先生，聽著，那是藥物的關係。

蘇山死了，而克里迪和赫爾正在爭搶他的屍體。這可不是什麼幻覺。

大戰也不是。我失去了自己的家人，以為只要遵守命令就能讓傷口癒合。

但沒有。

我現在只聽從自己的命令，要趁一切爆發之前閃人。或許你也該這麼做。

再見了，多明尼克。

好好保重，小夥子。

CHAPTER 10
THE VOLCANO
第十章 火山

哈囉？

抱歉，我遲到了。對付克里迪比我想像的來得更花時間。

不過，在妳老公回來之前，我們還有幾個小時，對吧？

但你可以看到鏡頭。

我聽不清楚妳在說什麼，再給我一分鐘，我就到了。

我跟大多數的高階警察都談過了，而他們願意接受新的領導階層，毫無問題。

瞧，他們其實也不喜歡克里迪，所以看來我們……

每位黨員的臥室都有裝，包括他自己的在內！而他還好奇我為什麼不肯讓他碰我。

當然了，他的監視器現在全都不管用了。

他坐在辦公室裡，正值這場鬧哄哄的遊行，而他的小螢幕全都故障了。

瞎眼的偷窺狂。哈！

就在這裡，康拉德。這就是你所錯過的一切。

可惜你看不到了。

我幫他一路爬上領導階層，你不知道這有多麼困難。

當然了，所有實質決策都會由我親自定奪……很顯然的，是在你的打手支持之下。

我會像伊娃・裴隆一樣，你知道的。

阿根廷，別為我哭泣。

事實上……

你看過
《阿根廷，別為
我哭泣》嗎？

喔，沒錯。就是這樣。
來吧。大力一點……

就是這樣。

喔。就是這樣。
喔，親愛的，
我要……

喔。

所以你終於出現了。我繞了半個倫敦在找你。

這個嘛,你可以把褲子穿回去,然後滾蛋了。康拉德再一個小時就會回家。

至少從午茶時間之後,就沒有人看過克里迪了,這大概代表著你至少做對了某件事。

但如果你以為這樣就代表你可以……

海、海倫?

我贏了，
海倫，

我才是，
最厲害！

他走了，現在
走了，再也不
會，擋在我們
之間了……

他割傷了我，他有把剃
刀，我想他割中了血
管……

不過妳、妳可以
幫我叫醫生……

我們歷經了一段
壞時光，海倫，
不過……

不過我們
還是可以

別碰我！

你這個
蠢王八蛋，
別碰我！

你搞砸了！
你搞砸了一切！

海倫……

我們現在要如何控制指
部？天啊，我都計畫好
了。我一切都計畫好了！
喔，你這個蠢……

海、海倫？
妳、妳在幹嘛？

我在找東西。
我知道它就放
在這裡，可
是……

啊，
我找到了。

海倫，沒時間了、
我在出血……出
血非常嚴重。

我需要
醫生……

喔，不。不，
你不需要。

我知道你需要什麼，康
拉德。我一直都知道你
需要什麼。

你需要偷看，不是嗎，
康拉德？你在工作上需
要偷看，在床上也是。

這個嘛，我找到了
你一定會很愛的玩
意兒。

瞧，康拉德，這是
我的餞別禮物。

看著
那個吧。

海倫？

我？資深主管？哎，天啊，克里迪跑去哪裡了？他應該要處理這件事才對。

是我就不會擔心，長官，一旦他們接受恐怖分子已死的事實，他們到了午夜大概就會放棄回家了。

現在就快十二點了……

啊，時候到了，長官。

大本鐘在整點報時了。

真是令人安心的迷人聲音，你不這麼覺得嗎，長官？

呃，沒錯，我想我……

等一下！

大本鐘在十二個月前就被炸掉了。

喇叭！聲音是從喇叭傳出來的！

這代表著有人……

正在……

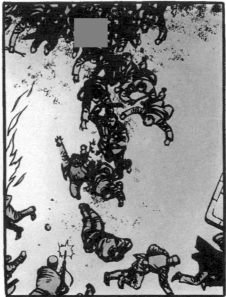

1998 年 11 月 10 日，清晨 2:00

你說：「幫我辦一場維京式葬禮。」

這不算什麼。

這要求不算什麼。

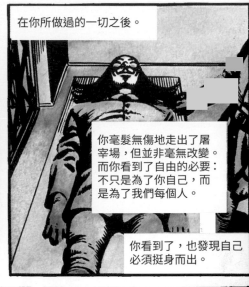

在你所做過的一切之後。

你毫髮無傷地走出了屠宰場，但並非毫無改變。而你看到了自由的必要：不只是為了你自己，而是為了我們每個人。

你看到了，也發現自己必須挺身而出。

你的復仇是如此果斷，又如此有益，幾乎就像手術一樣……

你的敵人以為，你只是想對他們的血肉之軀報仇，但你並沒有就此打住……

你也刺殺了他們的理念。

人民站在社會的廢墟裡，一座壽命比他們都長的監牢。

大門已經敞開了，他們可以一走了之，或是沉淪在爭吵之中，就此陷入全新的奴役制度。

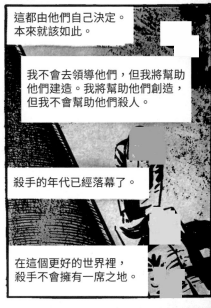

這都由他們自己決定。本來就該如此。

我不會去領導他們，但我將幫助他們建造。我將幫助他們創造，但我不會幫助他們殺人。

殺手的年代已經落幕了。

在這個更好的世界裡，殺手不會擁有一席之地。

你說：「幫我辦一場維京式葬禮。」

沒問題，我的愛，

第十一章 英靈殿

CHAPTER 11
VALHALLA

沒問題。

走了。

你走了，帶著你的炸藥和百合。

那輛火車上究竟載了多少炸藥？我從來沒想到要去數包裹的數量。

應該足夠了，我相信。

或許還多了些……

你說過維多利亞線已經被封阻了，就在倫敦官府大道和聖詹姆斯之間。我檢查過了，沒錯，這是真的，瓦礫封死了整條線路。

你說：「幫我辦一場維京式葬禮。」

我還有四分鐘的時間可以搭電梯上屋頂。我現在認路很輕鬆了……

在那場導覽中，你帶我走遍了這個地方，並說這是你的意志……

我沒有聽懂你的意思，

當時沒有，

不過當然了，關於這個地方，你說得沒錯。你的確讓我見到了你的遺囑。*

*意志和遺囑在英文中是同一詞。

而我是唯一的繼承人。

現在是 2:14。你就快到了，在自己的葬禮上一路飆速，衝過地下運河……

在黑暗中前往自己的終點……

前往被封阻的路線，位於倫敦官府大道和聖詹姆斯之間，

就在唐寧街底下。

Ave atque vale，V。

我查過了。是拉丁文。

歡呼並道別。

下樓索取我所繼承的遺產，我想到了前方的任務，如此龐大，如此關鍵，又如此艱鉅……

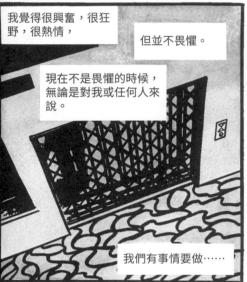

我覺得很興奮，很狂野，很熱情，

但並不畏懼。

現在不是畏懼的時候，無論是對我或任何人來說。

我們有事情要做……

有人要見。

嗯？
這裡是？

喔。

喔，天啊。

歡迎，年輕人。我想你應該從苦難中恢復過來了吧？至於你的問題……

我們正身處於魅影畫廊。

這裡是我的家。

來嘛，
吉妮，

來嘛，妳是怎
麼了？跟我們
打一砲吧？

不要！我又有什
麼好處？還有我
不叫吉妮！

妳都跟他上
床了……

他有食物，可以填
補城裡那些暴徒從
我身上偷走的東
西！你又有什麼？

等一等，
有人來了。

喔，天啊，不要又來
一個了。到底有多少
流浪漢住在這裡，實
在是……

等一下，

赫爾太太？

老天，艾德
華·芬奇，
對不對？

艾德華，我真
高興見到你！

芬奇？

是你嗎？

在我逃出倫敦的
途中，有群暴徒翻倒了
我的車，搶走了一切！

為了自身安全，
我不得不跟這些
蠢人躲在一起。

不過既然你來了，一切都改變了。我始終知道你跟康拉德、艾蒙德或其他人不同。

你就跟我一樣，是個倖存者。

艾迪，我們需要彼此。

只要在一起，我們就可以捲土重來。這群人雖然不算什麼，但只要有時間的話，我們就能打造出一小支軍隊。

我們有辦法重建秩序。喔，艾迪，我們在一起可以大展鴻圖，你跟我……

你意下如何？

同性戀！

你們這些爛警察，全都是同性戀！天殺的，你……

拜託，吉妮，過來跟我們一起坐吧。

還有很久才會天亮。

V: BEHIND THE PAINTED SMILE

V：在畫上的笑容之後

V：在畫上的笑容之後

在每場博覽會、動漫市集、見面會或簽名會上都有著這麼一個人，永遠都有一個緊張又純真的年輕新人，在問答單元暫時平息時高高舉起一晃動的手，顫抖著發問：「你的靈感都是從哪來的？」你知道我們都會怎麼做嗎？我們會輕蔑一笑。我們會在同儕前嘲諷揶揄這個嗚嗚咽咽的小蠢蛋，會徹頭徹尾地貶低羞辱他，用我們毫不寬容且尖酸刻薄的智慧將他五馬分屍。我們暗示道，光是提出這種問題就讓他的智力無可挽回地墜入到跟普通削鉛筆機同樣等級。然後，在我們從這個可憐的小污點身上絞出每個殘酷的笑聲之後，就會叫法警帶他出去好好對付他。對，我知道這樣一點都不客氣，但還是一樣，我們非這麼做不可。

我們必須這麼做，原因非常直截了當。首先，在觀點和半真半假的陳述，這團陰鬱、徨惑的爛泥中，同時也構成了所有藝術理論與批評，這是唯一值得提出的問題。其次是，我們不知道這個問題的答案，而且我們害怕會有人發現。

大衛·洛伊德跟我很常被問到的一個問題就是：「V的靈感是從哪裡來的？」

嗯，好吧。這是個很合理的問題。我們自己也曾討論過這件事，並且都覺得應該提出一個答案，好彌補我們過去故弄玄虛又討人厭的作風。唯一問題在於，我們都已經忘記了。我記得那些好點子全都是自己想出來的，而大衛則可以找到八名宣誓過的證人，作證說其實是他。

幸運的是，我們留下了許多文件，可以回溯到《勇士雜誌》的籌畫階段。盡可能表現得越客觀越好，我打算將這些零碎文件重新整理成一幅驚人又精細的拼貼畫，一勞永逸地攤開人類創作過程中的內部謎團，不帶任何偏見或喜好。

《V 怪客》部分始於英國漫威《浩克週刊》，有部分則始於我在年僅二十二歲時，送去投稿 DC 湯姆森編劇選秀比賽的一個靈感。我的靈感是關於一名畫了白妝的怪胎恐怖分子，他自稱為「洋娃娃」，並在 80 年代晚期向一個極權國家宣戰。DC 湯姆森認為，變性恐怖分子跟他們想要的不太一樣，而明智選上了赫爾一位蔬果商所投稿的作品，名為《戰鬥麵包（他炸了匈人！）》，或諸如此類的名字。在被退稿之後，我做了每個認真的藝術家都會做的事。我放棄了。

不久之後，新任英國漫威總編戴茲·史基恩所交出的漫威革命之一，上述的《浩克週刊》開始出現在書報攤上。內容包括了史提夫·帕克豪斯、保羅·尼瑞，約翰·史托克斯將《黑色騎士》改編為凱爾特傳奇。史提夫·摩爾和史提夫·狄倫所執筆的《尼克·福瑞，神盾局特工》，以及一篇 30 年代的懸疑漫畫佳作《夜鴉》，由史提夫·帕克豪斯擔任編劇、大衛·洛伊德作畫，約翰·波頓接替作畫。那是一篇好漫畫，並摘下了老鷹獎。因此按照漫畫界中的墨菲定律，它以驚人速度慘遭滑鐵盧。《夜鴉》從漫畫上消失了，戴茲·史基恩從漫威消失了，《浩克週刊》從書店消失了，春天轉入冬季，樹葉從日曆上掉落，以及那些電影圈用來顯示時間流逝的所有技倆。在這段期間，我都一直躲在床下哭泣，試著走出 DC 湯姆森讓我遭受的巨大挫敗。

前景看起來很淒涼。

終於，80 年代前來敲門，並捎來了《勇士雜誌》的第一聲輕喚。戴茲·史基恩如今整頓好了自己的公司「片廠體系」，並決定自己想重回漫畫界了。所以他集結自己以前共事過最出色的畫家和編劇。其中包括了大衛·洛伊德，受邀打造出一篇全新的 30 年代懸疑漫畫。當大衛收到這篇懸疑漫畫的邀稿時，他覺得自己雖然擁有許多視覺上的點子，但要如何打造出劇情和角色，在當時則超出了自己的能力。既然我們兩個曾在《神祕博士月刊》上開心合作過一些備用漫畫，他便推薦由我來擔任編劇。從這個時候起，我們就開始密切打電話，帳單差點拖垮了我們，以及冗長的書信往來（而就大衛來說，他的筆跡潦草得讓人看不懂），彼此交換靈感，將這部作品捏塑成形。換句話說，從這一刻起就開始變得令人困惑了。

就我的初始會議來說，我最初的靈感集中於如何用一種全新方式，好切入 30 年代通俗冒險漫畫這個類型。我構思出了一個叫「血仇」的角色，設定於寫實的 30 年代世界，出自我對黑幫時代的了解，佐以許多出色紮實的研究。我把這個點子寄給了大衛。

他回應道，自己已經受夠了出色紮實的研究，如果有人再叫他畫一臺 1928 年型號的杜森柏格汽車，他就要把自己的手臂吃下去。這成了很嚴重的問題。

仔細考慮這項難題時，我開始思考那些通俗雜誌冒險作品究竟為何能奏效。很顯然的，其中大部分都是奠基於故事舞臺裡那些飽富異國情調、壯觀輝煌的地點……聲名狼藉的濱水酒吧，塞滿了女孩的豪華閣樓，諸如此類的。消逝年代

的魔法。我突然想到，如果把故事設定在近未來、而非近過去，或許也可能達到相同效果。如果處理得當的話，我們可以打造出同樣的混合式異國情調和熟悉度，而大衛則不用在參考圖書館花上好幾個小時，跟一臉苦惱的助理大吵特吵。大衛和戴茲都很喜歡這個主意，所以我們拍板定案了。

下一個問題就是如何打造出主角，以及這部漫畫的實際舞臺。既然大衛跟我都想打造出深具英國獨特色彩的作品，而非去仿傚市面上充斥的大量美國作品，故事舞臺很顯然就會設在英國。再者，既然大衛跟我都享有同一種政治悲觀主義，這個未來世界勢必將相當嚴峻、淒涼和極權，也給了我們一個很方便的反派，讓主角對抗。

自然而然地，我想起了自己「洋娃娃」的原始靈感，並送了一份粗略大綱給大衛。那其實是部相當傳統的作品，一份不難預測的漫畫劇情，再加上一些不錯的巧思。裡頭有著你可以在小說《華氏 451 度》、或電影《銀翼殺手》中所找到的冰冷高科技世界。裡頭有機器人、戴著護膝和頭盔的制服鎮暴警察，諸如此類的好玩意兒。在讀它的時候，我想我們兩個都覺得自己好像找到了什麼頭緒，但可惜的是這樣還不夠。

就在同一時期，絕不有限公司正在籌備短命的《噗嘶漫畫雜誌》第一期。大衛投稿了一篇自己創作的漫畫叫《法爾肯布里奇》，主打一位叫伊芙琳娜·法爾肯布里奇的自由鬥士，而其藝術風格則截然迥異於他在《神祕博士》和《浩克週刊》上的作法。《噗嘶漫畫》退了稿，他們相信漫畫的未來在於短篇實驗作品，而非延續性的角色。

就我來說，當我看到它的時候，我覺得潛力非常令人興奮。大衛顯然就快挖掘到某種金礦

了，而我也很想參與其中。儘管如此，我們手頭上有的只是許多無法使用的點子，在空中來來回回地飛行，而沒有打造出什麼實體。某個夜裡，在不顧一切之下，我列出了一份很長的名單，寫下了我想在《V》裡反映出的點子，從一個點子快速自由聯想到下一個，而任何出色的精神科醫師看了都會想拉下警報。這份名單大致如下：

歐威爾。赫胥黎。湯瑪斯·迪斯科。超時空戰警。哈蘭·艾里森的《「懺悔吧，小丑！」滴答人說》。同一作者的《貓人》和《世界邊緣之城的徘徊者》。文森·普萊斯主演的《歌劇院殺人王》和《血染莎劇場》。大衛·鮑伊。影子俠。《夜鴉》。蝙蝠俠。《華氏 451 度》。新世界雜誌的科幻小說著作。馬克斯·恩斯特的畫作《雨後歐洲》。湯瑪斯·品瓊。英國二戰電影的氛圍。《囚徒》。羅賓漢。狄克·特賓……

每個靈感都有些我可以用得上的元素，但無論再怎麼嘗試，我都無法將這些支離破碎的零件組成首尾連貫的整體。我相信這是一種所有畫家和編劇都很熟悉的感覺……你知道在自己指尖所能觸及之外，存在著某種出色得不可思議之物。這令人感到既洩氣又憤怒，而你不是在絕望中崩潰，就是繼續堅持下去。有別我平常的傾向，我決定要堅持下去。

在這之外，我們也始終想不出主角的名字。我捨棄了「血仇」這個點子，卻沒有去想過它背後的概念，而編出了許多亂七八糟的命名，其中包括了「影子王牌」這種過目即忘的名字。儘管這不是我最花心思的頭號要務，但在眾多難題之中，它是另一個始終卡在我腦海裡的討厭噪音。在此同時，雖然少了主角，但我試著將這個世界捏出某種形狀，好為這個我們所決定的 90 年代舞臺打造出一幅令人信服的景象。

這件事辦起來就簡單多了。先假設保守黨很

顯然會輸掉 1983 年大選，我便依照工黨掌權的設定來推想未來，移除了英國領土上的所有美國飛彈，避免讓英國成為核子大戰的主要攻擊目標。在毫不費力得令人不安之下，我很輕鬆得從這個時點出發，一路推算到法西斯主義分子如何在 90 年代接管了大屠殺之後的英國。

就在這個時點，戴茲打電話來通知我們，他跟自己在片廠體系的合夥人葛拉漢・馬許，已經為這部漫畫想出了最完美的標題，說它應該叫《V 怪客》。（戴茲不清楚我們對這部 30 年代漫畫的構想，只是湊巧想到了這個名字。）我們視其為上天送來的訊息，因此它就成了《V 怪客》。有趣的是，當我們有了一個真正的標題之後，它也為我們帶來了新鮮的刺激，好埋首完成剩下的漫畫，而我們現在都帶著復仇式心理來工作。

我重新審視了自己的原始筆記，想出了主角可以是某種逃犯的靈感，因為待過政府集中營而精神大異。出自個人考量，我決定將集中營設於威爾特郡拉克希爾，這裡不僅駐紮了一座現存軍營，我同時也在此地體驗了這輩子最糟糕的搭便車度假。我改天再跟大家談談這件事。

在此同時，大衛則想出了角色設計和故事靈感，看看它們是否能觸動我們的創作神經。在他的點子裡頭，其中一個就是讓主角在現存警力裡暗中行動，從內部加以推翻。就這點來說，大衛依照自己對 90 年代警察制服的想像，而畫出了一套造型。透過制服上的皮帶和綁帶，在正前方呈現出一個大大的「V」字。儘管這看起來很不錯，我想大衛跟我都不太願意陷入這種直截了當的超級英雄老把戲，因為我們認為本作有潛力變得既新鮮又迥異。

雖然我很不願意這麼承認，但最重要的突破來自大衛。更令人欽佩的是，這全都容納在他臨時想到而寫下的一封信裡，而就像大衛絕大部分

的筆跡一樣，你需要羅賽塔石碑才能看得懂。我將重要部分抄錄如下：

「回覆劇本：當我在寫這封信時，我想出了一個有關主角的點子，這變得有點多餘了，因為我們現在有（看不懂下一行），但儘管如此，我在想，我們何不將他描繪成重生的蓋・福克斯，再加上一張紙漿面具，以及披風和錐形帽？他會看起來很古怪，也會為蓋・福克斯賦予一種他長年以來始終應得的形象。我們不該在每個 11 月 5 日把他燒掉，應該去歡慶他試圖炸掉國會大廈的義舉！」

當我讀到這些文字的當下，在我身上發生了兩件事。首先，大衛顯然沒有我至今以為的那麼正常。再者，這是我一輩子聽過最棒的主意了。我腦袋裡的所有碎片突然都一一到位，整合在一張蓋・福克斯面具的影像之下。隨著大腦不停轉動，我繼續讀了下去。

在同一封信裡，大衛也談到了打算如何處理這部漫畫的版面和執行。其中包括了全面禁止使用音效，順帶提到他打算全盤根除內心獨白話框。身為一名編劇，這令我害怕極了。我不怎麼在乎音效，但如果少了內心獨白話框，我要如何詮釋角色的細微差異，好在文學層面上將本書寫得令人滿意呢？無論如何，這個點子的紀律性讓我十分著迷，當我在夜裡上床睡覺時，它仍在我的大腦沼澤中不斷發酵。

幾天之後，我回信給大衛，告訴他蓋・福克斯的點子正中紅心了，而我們不僅會剔除內心獨白話框和音效，我同時也準備要捨棄絕大部分的圖說框，完全只依賴畫面和對話……

在任何漫畫或書籍的歷史上，這就是你獲得實際回報的一刻……當所有半成形的點子和愚蠢行徑全合而為一，發揮出超出個體總和之力的那

一刻，完全超乎預料，同時也極其美麗。

　　隨著我們終於敲定了漫畫的核心概念，我們便以此為地基開始快速發展……大衛寄來了 V 這角色的造型設計，一切都很完美，除了大衛弄錯了帽子的形狀。我開始素描那些次要角色，因為我們需要這些角色，才能述說出自己想要的故事。有些角色依然少了臉孔，儘管在我心中早就可以看到他們的每個舉手投足。大衛跟我一一設計出了這些細節，常常借用了那些我們覺得很適合的演員長相……我想就許多方面來說，這都像是在幫一部電影選角一樣。不過仍有許多其他角色，大衛都是根據我的角色筆記，再依照自己的生動想像力來下筆。

　　從上文來看，你也許會以為《V 怪客》的創作過程既枯燥乏味又精打細算，至少在初期階段，我想確實是如此。只有少數卓越人才是從繆思女神手中收到靈感，完完整整、包裝得極其精美，我們其他人則必須埋首苦幹。

　　儘管如此，假設你的邏輯和規劃都很豐富多元，你的作品遲早都會離地起飛，找到自己的身分。靈感不禁神奇浮現，而非長時間絞盡腦汁之下的產物。打從第一話起，《V 怪客》就進入了這樣的狀態。

　　就像當我打開了一本《莎士比亞全集》時，一句冗長的莎士比亞臺詞看起來剛好可以派上用場，相當符合我為 V 所安排的一連串行徑，隨著他第一次跟政府鷹犬交手過招，顯得一字一句分毫不差。更重要的是，在大衛的作畫相輔之下，這些角色也擁有了自己的生命。當我看著一個角色，儘管自己原本以為對方只是個平面的納粹壞蛋，我這才突然察覺，他或她的想法觀點其實也跟其他人沒什麼兩樣。我本來早就為這些角色們作好規劃，然後才發現他們已朝截然不同的方向邁進。

　　或許最重要的是，我們察覺到自己想要述說的故事，越來越偏離了原本那種直來直往的「一人對抗全世界」式故事。作品中有些元素是出自我的文字和大衛的作畫之結晶，而我們兩個都不記得曾經單獨把它們放進去。比起那些我們都不得不接受的漫畫界常規，更加重大的議題反倒引起了我們的共鳴。

　　當然了，隨著一部漫畫逐漸成長到脫離了創作者的掌控，你難免覺得很緊張，因為你不知道這部漫畫接下來會往哪裡走。就另一方面來說，我們對這種毫不受限的冒險也感到巨大的興奮和創意。我想這就有點像在海嘯上衝浪一樣……當你在這麼做的時候感覺很棒，但你不太確定自己最後會流落何方，或是到時候究竟會不會平安無恙。

　　暫時先把這些模糊形而上學的長篇大論擺在一旁，許多人都對我們是如何打造出一話《V 怪客》的創作過程很感興趣。嗯，單就科學目的來說，內容如下：

　　首先，我們對劇情主要走向都有個大致概念，保留一定空間，以免故事本身突然決定要改變方向。舉例來說，我們知道全書總共會有三卷，依序交代出 V 的完整故事。第一卷將交代主角和他的世界。第二卷「惡毒的卡巴萊」則進一步深入探索配角們，並主要聚焦在艾薇·哈蒙德身上。第三卷則實驗性地取名為「做什麼都可以國」，希望能將所有支線匯流成令人滿意的高潮。

　　在這個結構下，我試著去決定出每一話究竟需要哪些故事，並牢記它跟上一話之間的關係。舉例來說，可能我會發現最近對話多的可怕，沒有什麼動作場面。我可能會認為這一話該去關注艾瑞克·芬奇或蘿絲瑪莉·艾蒙德的近況。很快地，我就會列出這一話中最至關緊要的所有

元素。剩下就是如何將它們放入一個首尾連貫的故事線，既各自獨立完整，也是整體故事的一部分，同時還保持大衛和我想為這部漫畫所注入的流動性。

狀況好的日子，一切都進展得很順利，而我可以在四、五個小時內從頭到尾寫完整個劇本。在狀況差的日子，我在四、五個小時內寫完整部劇本，才發現它一無是處，憤而將之撕毀，然後重新來過。我會重覆這段過程四、五次，直到自己變成了一具哭哭啼啼的行屍走肉，癱坐在扶手椅上哭訴自己實在毫無才華可言，再也不想提筆寫作了。待隔天起床之後，第一次下筆就搞定了整個故事，然後一整天都走來走去，對我的太太、孩子或上門推銷的商人唸出自己最喜歡的段落。（這就是你為什麼永遠不該跟漫畫家或編劇結婚。他們在家中很難相處，相信我。）

在我對這個劇本感到滿意之後，它就被交到了大衛手上。他會仔細審視這個劇本，檢查在劇情或角色上是否有不連貫之處，並試著構思出要如何在視覺上加以呈現。儘管我這邊都會規劃好大部分的視覺場面，但都會留下足夠空間讓大衛視需求延伸修改，所以他會隨處加進幾個畫格，讓動作場面演繹起來更加順暢，或是乾脆割捨幾個畫格。之後他就打電話給我，一路順過整部劇本，並提出建議的修改之處。通常更改幅度都不大，可以立刻獲得解決。問題偶爾變得比較嚴重時，則會兇猛爭吵上好幾個小時，直到雙方作出了合情合理的妥協……

對我們兩人來說，唯一重要的就是，在印好的書頁成品上要盡可能越完美越好。

大衛接著便埋首作畫，而在幾個星期之內，我會收到一份苦等已久的郵件包裹，裡頭裝著縮小嵌字的成品影本。我想就理論上來說，我可以在這個時點決定大衛的畫作有沒有地方需要修改。但至今為止從來沒發生過這種事。大衛結合了一種殘酷無情的職業精神，以及對這部漫畫的深沉的情感投入，就跟我自己如出一轍。如果他決定要離開這部漫畫，我絕對不可能再跟其他人繼續合作畫下去。《V怪客》剛好出現在我的扭曲人格遇上大衛的扭曲人格那一刻，而我們不管是獨自操刀，或是跟另一位畫家或編劇共事，都絕對無法完成這部作品。無論部分書迷究竟怎麼看它，但它不是《艾倫・摩爾之V怪客》或《大衛・洛伊德之V怪客》。這是一次完完全全的攜手合作，因為在嘗試過其他做法之後，這終究是漫畫唯一的創作之道。編劇沒有理由用長篇大論的圖說來砸死自己的畫家，而畫家也不應該用巨大動人的畫像來壓垮自己的編劇。你需要的是團隊合作，依循著克勞斯貝與霍普、泰特與萊爾、粉小豬與神氣小豬，或是羅尼兩人組的偉大傳統，希望我們也是一樣。

無論如何，這就是我們的靈感來源。我接下來就要告訴你們V的真實身分，但可惜篇幅已經不夠用了。我唯一可以給出的提示就是，V不是艾薇的父親、惠斯勒的母親，或查理的阿姨。除此之外，恐怕你就得自行找出答案了。

英格蘭必勝。

艾倫・摩爾

1983年10月

這篇文章原刊於勇士雜誌第十七期，正值《V怪客》的原始連載期間。因為本文是寫於連載過程中，因此艾倫・摩爾是以未完成作品的方式來討論它，而故事中的某些面向也在漫長中斷過程裡有所更改，直到本作終於在1990年完結。

在他筆下所繪的漫畫成品之外，畫家大衛·洛伊德也為《V怪客》創作了大量的前置和宣傳插圖。
以下將精選出這些隱藏畫作，同時搭配大衛·洛伊德的解說。

上圖：草圖和附注，出自本作的初期階段，
從中探索 V 臥底在警方內部的靈感。

FALGONBRIDGE

上圖：投稿《噗嘶雜誌》的《法爾肯布里奇》──
也是 V 靈感來源的原始素材之一。

左頁：最初的附注和設計草圖，讓我們決定以蓋・福克斯
作為 V 的行動和造型背後的靈感來源。

上圖：V 的第一張上墨畫作。

對頁：一張未曾使用的畫作，
最終印成了同人誌封面。

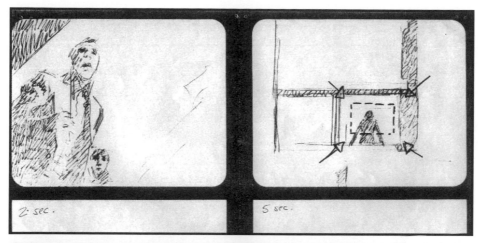

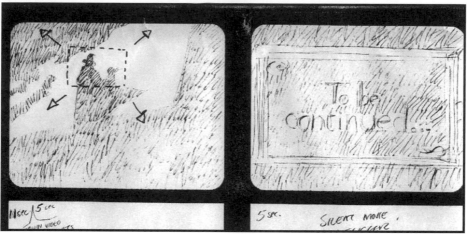

上圖：《V 怪客》早期的部分分鏡表，作為推銷給電影和電視公司資料使用。

對頁：《V 怪客》第一章內容的放大版本，我們原本打算將它製作成一齣簡單動畫，當成樣片來推銷改編電影。

上圖：未曾使用的《勇士雜誌》封面設計——
原本打算採用冰藍色作為單色背景。

對頁：《V 怪客》鉛筆草圖和上墨完稿的
一頁範例。

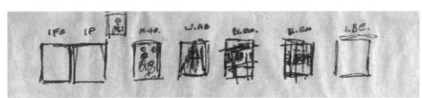

上圖：幫泰坦出版社所畫的 T 恤設計，
（在他們的建議之下）用了書中最受歡迎的兩大元素。

中圖：為這部 DC 漫畫第二期附頁所列的粗略排版縮圖。

右圖：《V 怪客》第一任嵌字師珍妮・歐康納，
針對艾倫的蘇格蘭語對白所作出的建議。

上圖：這張海報是在宣傳我所舉辦的抽獎，用在漫畫家協會所主辦的英國漫畫家
團體簽名會上。儘管漫畫家協會如今已解散了，那些聚會（原本被稱為見面會）
則被其他單位視為絕佳的宣傳工具，而改以宣傳活動的形式延續了下去。

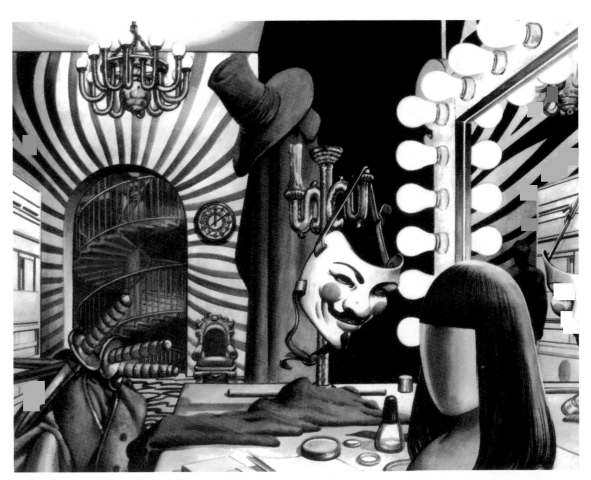

上排：DC 漫畫第六期、第十期的封面概念草圖。

下排：DC 漫畫第一期的最終上色封面。

上圖：DC 漫畫其中四期的封面鉛筆草圖。

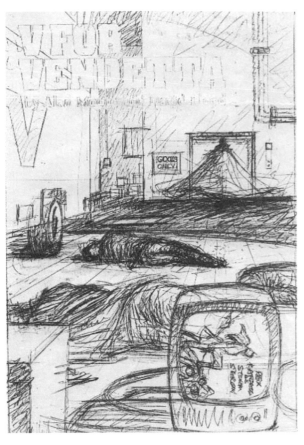

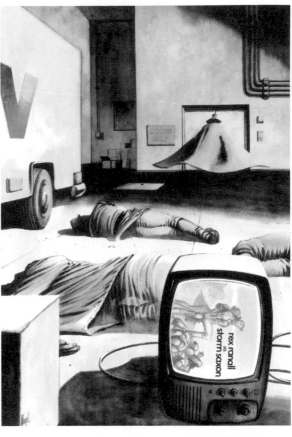

上圖：DC 漫畫第四期、第十期的最終草圖和完稿成品。

對頁：DC 漫畫第九期的排版和封面草圖。

上圖：DC 漫畫第六期的另一版封面草圖。
有些時候，只要浮現少數有關封面設計的靈感，就能滿足必要的條件。
其他時候，你幾乎無法知道自己究竟何時才能停止尋找新鮮靈感。

上圖：DC 漫畫第二期、第五期封面的最終草圖
（包括給編輯卡蘭·柏格的附注）和完稿。

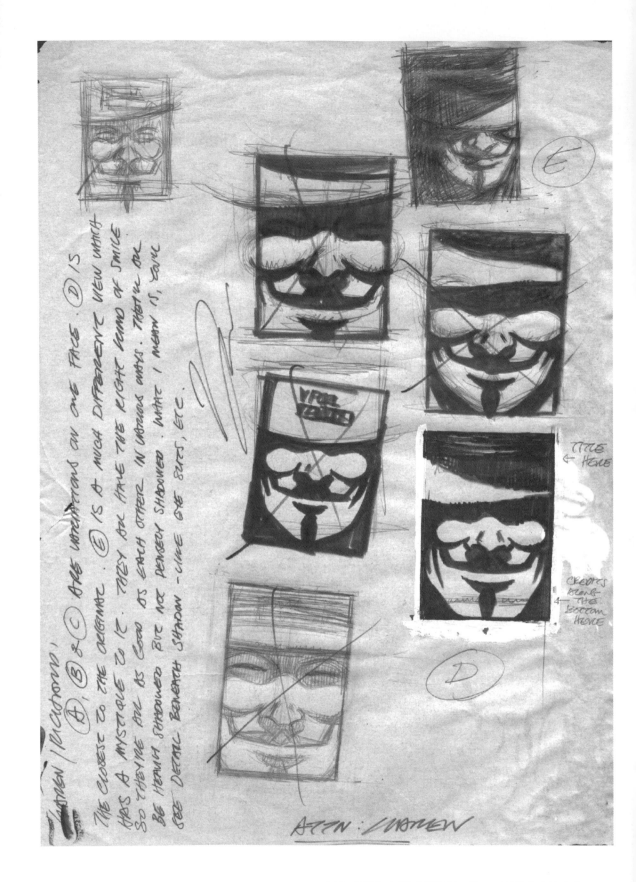

上圖、對頁：原始合輯版封面的一頁草圖和最終完稿。
有時候最簡單的靈感，往往也最有效。

後頁：（編輯注釋）DC 漫畫為《V 怪客》所作的原始廣告。

FASCIST
BRITAIN 1997.
EVERYONE KNOWS YOU
CAN'T BEAT THE SYSTEM
... EVERYONE BUT V.

V FOR VENDETTA™

A ten issue series by
ALAN MOORE & DAVID LLOYD
Completing the original series from 1982
in Deluxe Format & Full Process Color
Starting in May
Suggested for Mature Readers

艾倫·摩爾

　　艾倫·摩爾稱得上是圖像小說界最備受讚賞的編劇，以《守護者》、《V 怪客》、《開膛手》、《奇蹟超人》和《沼澤異形》而獲獎無數。他同時也是美國最佳漫畫出版社的幕後首腦，而他在此（跟許多才華洋溢的畫家）打造出《天降奇兵》、《普羅米希亞》、《湯姆史壯》、《明日故事》和《第 10 警局》。身為漫畫界自八零年代初期以來最重要的革新者之一，艾倫·摩爾深深影響了一整個世代的漫畫創作者，而他的作品至今仍持續啟發日益增長的讀者族群。他定居於英格蘭中部。

大衛·洛伊德

　　大衛·洛伊德在受過廣告設計的培養之後，於 1977 年在漫畫界出道。當他開始為漫威英國分部作畫時，他的筆下作品便逐漸受到注目，並協助打造出英國漫威旗下最受歡迎的角色之一———打擊犯罪的私法制裁者「夜鴉」，而夜鴉也成為大衛·洛伊德最知名角色的先驅：《V 怪客》的 V 一角，由他跟艾倫·摩爾於 1981 年聯手創作。

　　自此之後，大衛·洛伊德曾參與過許多不同作品，包括了《超能力者》、《地獄神探》、《史雷恩》、《異形》、《馬羅》、《全球頻率》、《戰爭故事》，而他飽受讚譽的懸疑犯罪圖像小說《回扣》如今已問世，書中收進了各式附錄，由順序數位出版社所推出。

　　他的近期作品都是由歐洲出版社所付梓，其中包括了短篇故事集《暗物質》，參與了《高盧英雄歷險記》的致敬合輯，為戰爭回憶錄合輯《繁星字句》貢獻了一篇故事，也打造出個人首部限量版作品《賞金鬥士》。他還自編自畫了一本關於聖保羅市的著作。

　　他目前的工作、也是全部的工作，就是出版前衛網路漫畫藝術雜誌《王牌週刊》— www.acesweekly.co.uk。

　　如果要查詢大衛·洛伊德過去與現在的作品，可以上 www.lforlloyd.com、deviantart.com，以及他的臉書網頁。